U0929246

听听你内心的声音，
是否野心来得太过凶猛，

而能力却已式微。

如果是，请暂停下匆匆的脚步吧，

因为我们需要的，
是一场踏踏实实的人生。

大多数时刻，我们将完美的假面展示给无关紧要的人，展示给我们在乎的人，却把最真实的一面留给了身边最亲近的人。

生活本身是没有色彩的，

你将它涂成灰白，

它就赠予你冷清淡漠；

你赋予它彩虹般的颜色，

它就还你一根甜甜的棒棒糖。

一个人的优雅不应该只停留在表面与人前，

真正的优雅是发自内心地热爱生活，

然后用精致来装点丰富的人生。

快乐是一种能力，

既唾手可得又遥不可及，

是最昂贵也最廉价的天赋。

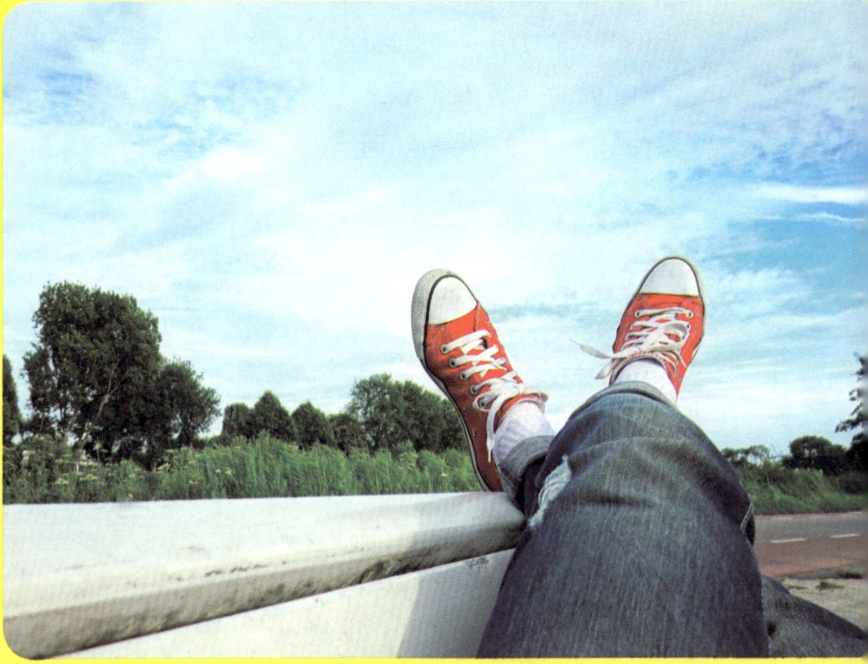

活出一个人的精彩，再与全世界相爱

莞彼青青◎著

图书在版编目（C I P）数据

活出一个人的精彩，再与全世界相爱 / 菀彼青青著. — 青岛：青岛出版社，2016.10
ISBN 978-7-5552-4627-5

Ⅰ. ①活… Ⅱ. ①菀… Ⅲ. ①散文集－中国－当代 Ⅳ. ①I267

中国版本图书馆CIP数据核字（2016）第215566号

书　　名 活出一个人的精彩，再与全世界相爱
著　　者 菀彼青青
出版发行 青岛出版社
社　　址 青岛市海尔路182号（266061）
本社网址 http://www.qdpub.com
邮购电话 010-85787680-8015　13335059110
0532-85814750（传真）　0532-68068026
责任编辑 杨　琴
责任校对 耿道川
特约编辑 张　博
装帧设计 苏　涛
照　　排 刘丽霞
印　　刷 三河市南阳印刷有限公司
出版日期 2016年10月第1版　2016年10月第1次印刷
开　　本 32开（880mm×1230mm）
印　　张 8
字　　数 130千
书　　号 ISBN 978-7-5552-4627-5
定　　价 36.00元
编校印装质量、盗版监督服务电话 4006532017　0532-68068638

目录

最好的生活是从柴火堆里开出玫瑰花

做自己的光，才能最骄傲

爱情不将就，也不要被将就

保持对自身的敬畏，才能得到温暖的结局

最好的生活是从
柴火堆里开出玫瑰花

最好的生活是从柴火堆里开出玫瑰花

01

不知道在你身边有没有这样一类人。

明明正值蓬勃热血的年纪处世却冷漠淡然，明明长着一张清嫩光洁的脸行事却老气横秋如日暮西山。你赞美他，他云淡风轻，顶多微笑着说声“谢谢”；你不喜他，他更加不会在意，直接视你为空气中的尘土颗粒，半点遮不住人家的眼。

其实原本他也不是天性如此。他或许曾经是个口喊着“永远年轻，永远热泪盈眶”的艺术青年，或许曾经是个以梦为马、一只单肩行囊独行天下的热血背包客，或许曾经是个一碗泡面、一支笔可度岁月可堪情的文字爱好者。

可人生有几个尴尬的字眼，大多数人都逃脱不过，比如成长，比如成熟，比如看透，比如世事。

这几个词，打眼望去，有着一股春华秋实的平和饱满之感，可以让人瞬间联想到成功男人西装领带的特异美感，以及晚风中女子一头银色卷发下若隐若现的谜之笑容。

但倘若你细细品来，就会发现这些字眼中暗含着不可言喻的摧毁感和破坏性。它们毁掉的，是一个人青春时蓬勃繁盛的兴奋点和曾经与生活电光石火间便能熊熊燃起的欲望之火。

渐入烟火俗世的他们，总是一副满不在乎的表情，开口便是“随便吧”，或是“还行吧”，仿佛这个世界没有什么能吸引他们的注目。

每人心中都曾经有一朵玫瑰，它艳惊四座、绝代风华，在小小的花园角落傲娇地肆意绽放。然而世间往往会扬起一场又一场不知由来的大风，将满目的玫瑰花瓣吹成一地鸡毛。

如果世间的成熟和随俗，是以不断降低生活里对喜悦的感知力和内心的high点为代价，那么这种破乱不堪，真的是不要也罢。

02

我身边就有这样一位朋友。十年前青春正盛的他，是个不折不扣的文艺青年。

那时他二十岁，穿过膝的风衣，满头长发，在小镇上属于特立独行的人。他在某个铸造公司做质检员，每天凌晨四点起床，在音乐的陪伴下兴奋又孤单地挥笔写着他的理想，短短几年，他写下四五部长篇青春小说和一百多首优美的诗歌。

他的本职工作做得也很好，有着完美主义气质的人，往往不允许自己有半点懈怠。只是，只有在谈起文学的时候，他的双眼才会灼灼有光，整个人的气质瞬间变得与众不同。

他很有灵气，早起滴露的一朵野花，墙角里避风的安静花猫，青石街上偶尔响起的车铃滴答，都能令他心生喜悦，百般有感。

他说，**如果一个人失去对美好的感知、对生活的喜悦，那跟木乃伊有什么区别?**

然而十年后回家乡再见到他，往日清瘦的少年已是大腹便便的工厂部门领导，开口便是淡然敷衍的客套，动辄便是请客吃饭KTV桑拿的轻车熟路，迎面而来的腐落气质令人觉得他仿佛身中世俗的毒瘴。

他也会偶尔动情地叹气，**年月就如同温软的沙发，你坐得久了，便会深陷其中不愿抬起屁股**。如今的他，没有热情，没有悲欢，即便听说升职加薪，仿佛也是一件与他无关的事。

他说自己在午夜也会偶尔对着窗外的暗蓝天空心动，也会惊喜于一颗星的明暗，但是更多时刻，他却只能由得疲惫无力感肆意侵蚀，于是，手中的遥控器摁了又摁，最终茫然地睡去。

十年的光阴，他功成名就，家庭美满，只是，他不再有心动，不再有惊喜，他活成了自己曾经最不喜欢的那种人，他成了自己口中会呼吸的木乃伊。

03

这个世界上最美好的事，莫过于可以从最平凡的柴火堆里变出玫瑰花。我最近认识的一位年轻妈妈，就是拥有如此美好品质的人。

她是全职妈妈，工作就是照顾孩子、洒扫烹茶，顺便为男人擦亮每一双皮鞋。熟悉的开场套路听起来，你会觉得这将又是个标准的怨妇生成记。

但她不是怨妇，她是所有人的开心果。

她整日嘻嘻哈哈，早中晚三次写日记，记录生活中的开心事。她为全家准备的三餐，不知用了什么魔法，居然花红柳绿、色香味俱全。

她带着三岁的儿子去捞鱼，却开心地捉了一瓶泥鳅；她穿着亲子装去逛街，与儿子一人一根冰棍在大街上啃；她突然想出去旅游，便留条给老公，开车奔出百里，然后忽觉兴致尽了，未到目的地便又开车回来。

前不久，她在朋友圈连发了几个哈哈大笑的表情，然后写道："抢了儿子的棒棒糖，好甜好幸福！"

配图里，她正在沙发里放肆地笑成一团，可爱的儿子萌萌哒地趴在她怀里揪她的鼻子。一家三口的浓浓爱意隔着屏幕迎面扑来。

等等，老公出现在画面里了吗？呵呵，没有，但是不用猜也知道，拍照的肯定是她老公嘛。要不然，她怎么笑得如此花枝乱颤、没心没肺?

看惯了皱眉叹息感慨的失落，便会觉得快乐是如此难得。她三十五岁，没有工作，却活成了这个世界的一道光，吸引着所有的美好。

生活本身是没有色彩的，你将它涂成灰白，它就赠予你冷清淡漠；你赋予它彩虹般的颜色，它就还你一根甜甜的棒棒糖。在日复一日的鸡毛蒜皮、挖空心思中，你或许忘了你原本还拥有变出玫瑰花的魔法。

04

我经常会听见朋友跟我说："我好像进入了一种怪循环，日子好无聊，无论怎样都不开心。"

也有网友私信问我："我对这个世界失去了兴趣，看什么都不顺眼，是不是该去看心理医生？"

情绪这个东西，偶尔也会感冒发烧，但它远远没有严重到必须去看心理医生的地步。大多数人缺乏的，可能只是对喜悦的感知力而已。而这种缺失，有时是岁月疲长后的看透世事所致，有时完全是成长中的自我暗示，有时却是妖魔化的情商所致。

在图书馆偶遇了一位由妈妈领着来读书的小男孩。他手里捧着连环画趴在桌子上偷偷看我，我对他招手，待他坐过来，一页页翻书为他读童话。全程，他紧紧依偎着我，高兴得手舞足蹈，有着抑制不住的童真。

回家途中，同伴责怪我："你情商太低，男孩的妈妈就坐在对面，你难道不怕被当作拐卖小孩的坏人？"

我对她嗤之以鼻。如果情商是要割断自己与这个世界的热情亲近，变得百般顾忌、各式猜度，以至于将自己变成一个冷漠、刀枪不入、失去感知力的人，那么此种情商不要也罢。

这个世界有很多不公平，但有一点是公平的，那就是无论贫穷或是富贵，无论健康或是疾病，无论胸无大志或是满腹理想，都要在世俗的烟火气中走一遭。

若你无法用热情去感知喜悦，便只能收获忧伤；若你无法用真心去感知爱情，便只能收获孤单；若你无法用笑容去感知岁月，便只能收获没有声响的衰败。

可是若你有足够的热情、足够的真心和足够的善意，你就一定能拥有全世界最惊艳的那朵玫瑰花。

那是在生活的柴火堆烟火气里绽放的玫瑰，你的独一无二的玫瑰。

你所谓的麻烦，只不过是自私与懒惰

01

读高中时，我在学校住宿，每月只能回家一次，所以每次返校，妈妈都会提前为我准备很多的水果和零食，让我拿回宿舍，以便补充营养。

我所读的高中是当地著名的魔鬼学校，以变态的严格和惊人的高升学率而闻名，那里每天的课业任务压得我每分每秒都喘不过气来，所以我的身体一直很瘦，瘦到令人无法卒视，瘦到风一吹便会被担心会不会摔倒在地，严重的营养不良。

但即便如此，每次离家之前，我都会偷偷地将妈妈为我准备好的食物丢在家里隐蔽的角落，因为与美食的诱惑相比，我更怕拎着大包小包挤长途客车的麻烦。

之所以怕麻烦，是因为曾经有过一次尴尬的经历。我家距离学校有半小时的车程，但因为是山路，客车总是很颠簸。高中第一次返校，我拎着大包小包的水果和零食，在车上被挤得东倒西歪，然后忽遇司机一个急刹车，我手中的塑料袋不堪重负，在人群的磨蹭跌撞中轰然断裂，苹果叽里咕噜散落在整个车厢，引起一阵阵的哄堂大笑。

我潜伏在人群中，脸色一阵白一阵青，尴尬到想立即下车。我心疼那些妈妈起早为我精心准备的苹果，又不好意思满车厢地去捡拾，于是忍不住心里一阵阵发酸，眼泪几乎都在打转转。

从此之后，我便隐约有了心理阴影，再也不想那么麻烦，再也不想遭遇那样的尴尬，所以每次回程总是悄悄丢掉妈妈的爱心。

那时年纪小，十六七岁的少女不觉得怕麻烦有什么不妥，还会觉得自己很聪明，但如今再回头望去，才深知当年自己的不懂事。

那时候所谓的怕麻烦，其实是青春期的小自私，怕尴尬怕丢了面子，但我却在不知不觉之中，因为那样的自私，辜负了妈妈对我的爱。父母之爱，深沉而无言，到如今，他们双鬓已白，我才真正读懂这世上最不该被辜负的情谊。

02

怕麻烦，其实是个很害人的心理，因为它会在无形中令你失去很多增长见识的机会，会令你失去很多生活的乐趣。

大学时，宿舍里很多同学都在做兼职，有的是在超市做导购，有的是在大街上发传单，有的是去做家教。在她们的鼓励下，我也找了一份家教的兼职打算尝试一下，一来是为了锻炼自己，二来可以挣点生活费，以后回想起来必然也是件挺美好的事情。

但真正做起来，才知道家教的工作很不容易。我们学校在东城，对方在西城，约定的时间是晚上八点到十点，辅导结束时已经没有公交车，我每天需要骑行两个小时才能够往返挣到几十块钱。

而且，对方家里的学生是个活泼的小姑娘，很喜欢讨论稀奇古怪的话题，我需要每天备课和看动画片才能够跟上她的节奏，才能够获取她的信任和喜欢，才能够让她安静下来去学习。

坚持了半个月，我觉得实在是太麻烦了，太累了，也太不值得了。我的内心开始打退堂鼓，夜里给自己找了很多很多的理由：我还是学生要以学业为重啊，下班时间太晚对女生而言太不安全啊，一个小时十五块钱的报酬太少啊，等等。

于是，我暗暗地成功说服了自己，第二天就打电话给对方，说我不打算继续去做家教了。

那之后，我每天在宿舍睡到自然醒，经常翘课，最常干的事情就是上网看电影和追剧，日子虽然过得十分安逸，心里却隐约觉得还是做家教的时光最踏实。

尤其是看到同宿舍的姐妹都在积极努力地上课、考研、打工的时候，我的内心是非常迷茫和羡慕的。说到底，我的怕麻烦，就是懒而已。而年轻人，最要不得的缺陷就是懒惰。

03

后来我遇到一个很欣赏、很喜欢的男人，他最吸引我的地方，就是凡事都不嫌麻烦，每一件小事都愿意尽心尽力地去做好，并期盼和憧憬着未来的所有美好。

比如下雨天的周末，如果两个人肚子饿得咕咕叫，我会拿起手机点外卖，而他会抢下手机制止我，然后换上雨鞋撑起雨伞，去附近的超市买来新鲜的蔬菜水果，花费两个小时的时间为我做一顿色香味俱全的午餐。他常说，下雨天与美食更配哦，我也欣然鼓掌同意。但是，我的真实想法是点外卖多简单，自己做饭实在是太麻烦了，还不如窝在沙发上看场电影更划算。

比如他突然有了兴致想学钓鱼，便开车出去买来鱼竿和鱼食到小区外的河边开钓。他没有操作过，只是忽然起的兴致，连鱼漂、鱼钩怎么安装都不懂，但他非常有耐心，愿意一点点地查资料、看视频，一点点地去尝试，尽管第一次甩竿鱼钩便被水草钩住，花了很长时间才把鱼钩拽出来，但他仍然很兴奋，觉得生活很明媚。而我在一旁，早在他笨手笨脚安装鱼漂的时候便开始不耐烦，暗暗发誓再也不陪这笨家伙来钓鱼了。

他的耐心，仿佛是挖掘不完的宝藏，永远持久有能量，在我内心浮躁的时候给我一丝微光。他不仅对生活有耐心，对身旁的人也很体贴。

外婆去世的时候，妈妈因为忙碌悲伤，一天都没有吃饭，我们沉浸在悲痛之中，没有人关注到她，而他偏偏看在眼里。待客人离开之后，妈妈无力地端起一杯凉水准备喝，他赶忙截下她手中的杯子，他说，大冬天的喝凉水对身体不好，然后他特意为妈妈去烧了一壶热水端过来。

妈妈每次提到此事，都觉得很感动。细节总是能体现一个人的性情和品质，他的不怕麻烦，恰恰体现的是细心与善良，只有真正将别人放在心上的人，才会时刻为对方着想。

04

我自认为是个反面教材，因为我遇事总是嫌麻烦，习惯于敷衍，习惯于为自己找借口，其实本质无非是自私和懒惰而已，而这种自私懒惰，都是对自己的不负责任。

十几岁的时候，为了避免尴尬和麻烦，我拒绝了妈妈的好意；二十岁的时候，为了安逸和睡懒觉，我放弃了锻炼能力的机会；而现在，为了贪图省事，我也不曾认真而用心地去对待生活里的一餐一饭、一花一木。

而这样的结果就是，我后悔了。是的，我很后悔，我后悔没有在年少时认真品味父母之爱，后悔在大学精力最充沛的时候没有认认真真地去学习去锻炼，但幸好，我还年轻，时光正好，岁月也还来得及。

其实生活里的琐碎不是麻烦，而是点滴的喜悦。拼尽全力去实现一个梦想，为心头忽现的兴致而花费时间，精心为自己和家人准备一顿早餐，因为喜欢一朵花而经历栽种、除草和等待，一切的一切，最终会被证明都是值得的。

这个世界上哪有什么麻烦呢，其实不过是自己的借口而已。当你真正用心去爱、去生活，所谓的麻烦便不再会避之不及，而会成为你甘之如饴的向往。

而年轻人，是最不该怕麻烦的群体，毕竟我们的精力和智力最为旺盛，为生活花费一点时间、耗费一点心力，总有一天会得到丰沛的回报。而那时，你会感谢曾经那个不畏麻烦的自己。

别傻了，你只是被需要，却从不被重视

做一个民意调查：在生活和工作中，大家是想做一个被需要的人，还是一个被重视的人呢？

好吧，其实这个问题很容易回答，你一定会说，我要做一个既被需要也被重视的人。

那如果只能二选一呢？你是会选择被需要，还是选择被重视？

昨晚在朋友微信群里做了这项民意调查，20%的人选择被需要，80%的人选择被重视。从结果来看，大家的自我意识都还算健全，都把“希望得到重视”这个自身诉求放到了第一位。

但事实上呢？

事实是大多数选择被重视的人，在生活与工作中都在无意地扮演着被需要的角色，甚至他们会误以为被需要就是被重视。

01

阿树是我在工作中曾见过的最踏实肯干、最默默无闻的人，他是我在培训机构时的同事，是公司里的元老级别员工，据说工龄达十年之久。在公司成立初期，他跟着老板鞍前马后地打下江山，曾立下过汗马功劳，所以在公司业绩稳定之后，阿树顺理成章地升职做了部门主管。

如今，我早已离开培训机构，但从以往的同事们口中听说，他现在仍是个部门主管。

可阿树对公司忠贞不渝的那颗红心丝毫没有变，每天早晨六点半踏着星光到公司，晚上八点半顶着月亮回家去，十年如一日地兢兢业业，让别人由衷地觉得他很是不容易。

一个星期前的晚上，我因为有点培训方面的问题要请教阿树，所以打电话给他。电话接通，那边的声音貌似有些空旷寂静。

“树哥，你这是在哪儿呢？”我问。

“在公司加班呢，最近市里有检查，要提前准备资料。”阿树的声音带着疲倦，但满是笑意，久违的老好人语气。

我看了看墙上的钟表，晚上十点整。“这么晚？不会又是你一个人在加班吧。”我诧异而又有几分了解地问。

阿树在电话那头不好意思地笑了。

“我离家近，加班方便。再说了，公司需要我，我不能辜负领导的信任。”

“唉。”我在心里深深地叹了口气。“公司需要我。”阿树的理念十年如一日地强大而坚韧。但公司真的需要他吗?

在我看来，公司确实需要这样一个默默付出、任劳任怨还不求回报的人，但公司并不重视他。

02

与阿树在职场的乐天知命毫无抱怨相比，我的朋友雪小姐在婚姻中遭遇不重视时就显得那么不情不愿、烦恼遍野了。

雪小姐在三年前嫁得如意郎君，两年前喜得贵子，简直是人生赢家，但最近她的情绪越来越暴躁，每晚都会忍不住在微信里向我大吐苦水。

自从雪小姐当了全职妈妈之后，每天照顾孩子、做饭洗衣累成狗，但她发现自己的老公越来越不重视她了。比如他出门前不会再跟她亲吻道别，而是大大咧咧地关门而去，比如他回家后越来越懒得理她，而是躺在沙发里傻呵呵地看电视；再比如他不记得每一个节日、纪念日和她的生日，更别提准备什么礼物了。

雪小姐很生气，经常向老公抱怨，但老公总是敷衍了事，烦躁不堪，她于是想抱着孩子回娘家小住几天，但她又有各种担心：他会不会饿到自己啊，饿到了会不会胃疼啊，胃疼知不知道买药啊，买药能不能找到药店啊，如果找不到药店……天啊，她总是越想越害怕，越来越觉得这个男人是那么需要自己，没了自己，他该怎么活呢？！

我气愤地说："他是人，不是傻瓜，不是废物，饿不死的。"

雪小姐连发几个叹气流汗的表情。

"你不知道，他真的不会照顾自己，他很需要我。"

唉，无药可救的女人。明明知道他已经不再重视自己，却又忍不住散发出圣母般的圣洁光辉，假想他真的离不开自己。其实在这个地球上，谁离开了谁都能活得很好，如果偶尔甩甩臭脸子、耍耍小脾气能让老公增加几分对她的重视，又何乐而不为呢？

03

其实阿树的工作能力挺强的，在公司的十年里，做过很多岗位的工作，几乎是哪里需要就顶在哪个位置上，堪称公司岗位的创可贴，每次领导都会承诺给他："公司需要你，等过了这个阶段，给你升职加薪。"但每一次的承诺，最后都会不了了之。

对于阿树来说，如果他能够认识到公司只是不断地在给他画大饼，认识到公司对他的重视不足，然后稍微改变自己的老好人态度，努力地去争取一下，也许他早就升职加薪了。可是他固执地认为公司很需要他，即便没有升职加薪，自身的存在感仍然爆棚，觉得应该为工作赴汤蹈火万死不辞。

当然，这跟阿树的性格有很大的关系，他是个典型的老好人，不懂得争取，也淡泊名利。更可怕的是，他一直有种莫名其妙的使命感，觉得公司非常需要自己，却丝毫没有考虑过公司是否重视他。

然而，这样心理认同的结果就是，很多新人在两三年中都渐渐地升了职、加了薪，甚至有很多阿树曾经的下属，现在职位都要比他高，公司任总监的人一抓一大把，而他仍是个部门经理。其实他的内心也有不甘，却从未公开流露过，只是在公司同事的聚会时会显得有那么一丝尴尬的寥落。

该怎么评价他的行为呢，是高尚还是自私？相信有一部分老板会很喜欢阿树这种员工，但他自己的前途或许就会慢慢停滞甚至断送了。而他的家人呢，也会因为他的这种错位心理而失去过上更好一点的生活的机会。

更可怕的是，他根本就认识不到其实公司一点都不重视他。在被需要与被重视之间，他选择被需要。牺牲自我，成全别人，时刻愿意为别人的需要埋单，这是典型的老好人心理。

而雪小姐是个相反的例子，她敏感地意识到了老公正在渐渐失去对她的关心和重视，但她自己放不下心结，觉得他是那么需要自己。因为对爱情的坚守和对婚姻的维护，在被需要与被重视二者之间，她选择了被需要。

但是，在我做民意测验时，雪小姐明明选择的就是被重视啊。

有时候我们在理智的状态下做的选择，未必能够在生活中坚守。我们都希望自己被重视，但当真正面对生活的选择题时，会不由自主地选择被需要。因为被别人需要的时候，我们内心有一种高尚感和骄傲感，而我们希望被重视的时候，会在潜意识里伴随着一种羞耻感。

04

对阿树，我想说一句："嘿，别傻了，其实他们并不重视你，甚至并不真正需要你。"而对雪小姐，我想说一句："亲爱的，这个世界上，真的离了谁都依旧美好，最需要你的人不是老公，而是你的那颗追求自我的心。"

有句话是"会哭的孩子有奶吃"，这简直就是真理啊。在职场上，学会争取是最基本的职业素养，因为你争取了，说明你在意这个工作，在意这个工作表明你想在公司有个长远的发展。曾经还有位同事，隔三岔五就跑去办公室与领导因着各种问题争论，搞得领导也心烦气躁，大家都以为这样的员工在公司不会有什么前途，但意外的是年底搞职业测评，领导给这位同事打的分数相当高。

你有何感想？领导脑子坏掉了？其实不是的啊，虽然他有诸多不成熟的想法，但积极工作的态度是值得认可的，公司也想在内部树立一个榜样，表明态度，这样一来，自然他会被公司重视了。

其实“会哭的孩子有奶吃”这句话在婚姻中同样适用，圈内另外一个女性朋友曾经遇到过同样的问题，结婚两年，老公同样是需要她却对她重视不足，她想尽办法争取自我，学技能、与老公谈心、偶尔耍一下脾气罢工。如今两人的感情非常好，情人节的时候老公也知道为她准备鲜花礼物了，再不复之前的“老夫老妻不需要瞎讲究”的论调。

所以，如果你想获得外界的重视，首先就要在内心对自己有一个最基本的认可，如果你自己都不重视自己，不去为自己积极争取，无论是公司还是你的身边人，自然就乐得装糊涂，反正你付出的一分都不会少，那么又何苦徒劳地给你更多呢？

被需要的同时又受到足够的重视真的那么难吗？也许你稍微改变一下，明天的阳光就会更明媚。而你，又何乐而不为呢？

常施小善，莫久施大恩

01

翻开《唐国史补》，读到一个极恐怖的小故事，文中主人公叫李勉，曾经做过开封尉。故事的名字叫《故囚报李勉》。

全篇很是简短，不足三百字，但字里行间透着荒唐辗转的世道人心，读之忍不住令人脊背发凉、大汗淋漓。

故事上半段的大意是，李勉为官时曾救下一个囚犯的性命，多年后李勉路过某地偶遇此囚犯，囚犯欣喜之余与妻子商量该如何报答恩公。

妻子说："送他一千匹丝帛可以吗？"囚犯不答应，强调是救命之恩。

妻子又说："两千匹可以吗？"囚犯仍是觉得不够。

于是妻子便说："如果是这样，那不如杀了他吧。"

情节至此幡然转折，令人大惊失色。当年文学大家木心读至此感慨颇深，他说此故事对妇人的心理描写之深刻，可媲美文学巨匠莎士比亚，连司汤达、陀思妥耶夫斯基这类大家读到此文也必定会拍案叫绝。

故事还在继续，如果各位将自身植入故事中，面对妻子此番言语，你会作何反应？是当场义正词严、暴跳如雷地扬起巴掌狠狠扇向这个狠辣的妇人，还是彼此会心一笑、一拍即合，相携去准备二两砒霜、一把斧头？

故事里，囚犯选择了第二条路，他深觉妇人言之有理，意欲杀之。不过囚犯家有位仆人怜惜李勉，私自助他逃命，最后囚犯夫妻宿命般地被侠义的剑客所杀。

此文读来，上半段写的是人心，下半段描的是传奇。**人心是赤裸直接的，传奇却是刻意杜撰的。**如果真的是在现实中，故事会在李勉被杀后戛然而止。哦，或许不会戛然而止，或许还会有那对贼公贼婆的一番掩门相庆，终于不欠这天大的人情了，心里爽极！睡觉踏实！来，干了这杯舒心酒！

但无论如何，不会出现侠客所谓替天行道、疾恶如仇的戏码。大家都挺忙的，生活都挺不容易的，谁肯为谁出头？况且这还是要白刀子进、红刀子出的晦气事，法律也不允许。

02

中国人讲究“闻弦歌而知雅意”，课本也总讲究来个“请说明作者原意”，所谓“附庸风雅”，茶余饭后闲来无事，我们不妨也来对此故事的深意（或许根本不存在）探究一二。

升米恩，斗米仇，常施小善，莫久施大恩。

人性的七宗罪里，贪婪是重中之重，这在升米恩、斗米仇的故事中可以得到淋漓尽致的演绎。一升米可以养恩人，一斗米养出的却是仇人。

若一个人有急困，你提供举手之劳的帮助，他会对你感恩戴德，时常人前人后念叨你的好。若你时时出手相助，周而复始、长此以往，形成思维定式与行为习惯，偶尔一次的力所不能及，便会惹来对方的责备与埋怨，甚至是反目成仇、恩将仇报。

你委屈、愤慨、怨怼，长恨人心不如水，一腔热情空交付不说，还平白无故招惹了忘恩负义的白眼狼，可是你真的有那么无辜吗?

人性无善恶，所谓的善是后天培养的，恶也同样需要培育的器皿，而你，就是糊里糊涂地充当了恶的器皿的那个人。是你没有把握好人与人之间交往的度，过度就意味着进入，你平白进入他人的生活，便应负有责任，而且你一旦进入，便再也不能全身而退。

人人心中都有自己的安全距离，你以善意的姿态进入，无意间强行打破安全距离，便要为此承担后果。从交往的意义上讲，升米恩是乍见之欢，斗米仇便是久看之厌，无论何种情形，均是因为距离。

所谓“君子无罪，怀璧其罪”，转换一下，也可以说是**君子无罪，施恩其罪**。这里的恩，特指大恩，长期的恩，变了味的恩，今生都无以为报的恩，时常令受恩者转辗反侧睡不着觉的恩。

常施小善是智慧，久施大恩是罪过。毕竟这个世上没有那么多的《锁麟囊》，施恩莫望报的薛湘灵不多，滴水恩当涌泉报的赵守贞更是少见。

03

良心成本与经济成本的失衡，更易导致犯罪。

李勉对囚犯所施的恩，是救命之恩。救命之恩，该如何报答呢?

旧式小说里，你若对女子有救命之恩，女子多数会为奴为婢、以身相许；若对男子有救命之恩，男子多数要为恩公做牛做马、献上一生。而无论是献身，还是献生，这样的经济成本都太过于庞大了，它庞大到可以令受恩者起了一念杀机。

对于故囚而言，恐怕一万匹丝帛都不足以报答李勉的恩情，可是他愿意倾全家之财去报答多年前的救命之恩吗？显然，他不愿意。

他习惯了安逸舒适的生活，他早已不是当年落魄的囚犯，他使奴唤婢，有了身份与地位，可是随着恩公的到来，他可能会失去这一切。

可以说，李勉对于他而言，明里是恩公，潜意识里却是催命符，是不堪回首的过去，是未卜的将来。他深知即使给予所有都不足以报答大恩，又怕恩公狮子大开口对自己漫天要价，索性咬紧牙关心一横，宁可违背良心，也要充当大恶人。

当良心成本与经济成本失衡时，人就会作恶。因为良心只是一种情绪，时间久了自然淡化，而财富却是身家性命，绝不可舍的。

成本属于经济学范畴，但它是个无孔不入的词语。犯罪成本、良心成本、爱情成本、生活成本、死亡成本，真是处处都离不开成本。而这从本质上说明，人类是以经济形态存在的。

如果李勉懂点经济学，恐怕就不会与故囚热切相逢话当年了。

04

表面犹豫不决的人，往往内心早有主意

故事原文里，当妇人提出“不如杀之”之时，作者用精练的

四个字写到“故囚心动”。每每读至此，仿佛都能看见电影般的画面。

厢房密室昏暗如豆的光线下，精明的妇人频频试探，故囚皆凝眉摇头，口中叹息，满脸一副救命大恩不足为报的沉重模样。而妇人口中如惊雷般的“不如杀之”令他猛然醍醐灌顶，他立即点头应允，嘴角悄然隐现一丝不经意的得意。

知夫莫若妻，而故事里的故囚之妻又是那般通透世故，定是早看穿了夫君的内心。只是他作为一家之主，早已习惯了虚伪与深沉，就像岳不群那般，满口的仁义道德，实则内心腐朽不堪。

他口口声声不足为报，下一秒却忽而心动，这样的神转折读来大有深意，既可笑又荒唐。

人在什么时候会犹豫？是内心对眼前的论断和主意都不满意的时候。为此，人们甚至发明了占卜或者扔硬币的方式。而忽然有一个称心如意的提议像光柱一般照进他的内心时，他怎会不心动？

所以，故囚是早生杀机的故囚，故囚之妻只是充当了一次男人的心理蛔虫。当然这样的蛔虫是恶的，它因贪念而起，最终为此付出了生命的代价。

从小就很喜欢听单田芳老先生的评书，书里常常能听到故囚之类的影子。如开国之皇设计追杀功臣，恶徒背信弃义屠师断情，等等，想来皆是有着相同的道理。

功臣功高盖主，惹来朝野忌惮，皇帝故作偏听偏信，实则早就拿定了绝杀的主意。徒弟身受师父大恩，但早已功成名就、不堪受制于人，索性假意遭人蛊惑欺师灭祖。诸种此类看似难以理解的行为，从人性心理角度来读，并不难理解。

只是“富贵五更春梦，世事一场浮云”，命运最终不会饶恕大奸大恶之辈，也不会亏待我等良善之民。看小说读史书，也权当听了一席警世恒言，明心净意罢了，为人处世的仁义礼智信、温良恭俭让仍是要传袭的。

因为无论世事人心如何变更，我们都要常怀感恩之意，常伸助人之手，这才是为人本分，只要这本分适宜就好。

真正难的是独处时仍存善念

01

前几天，小区业主微信群里，大家都在热火朝天地讨论着一件事，那就是隔壁单元的一位邻居不知为何在夜里接连砸了小区马路旁停着的好几辆车，然后被抓进了派出所。

他们口中的那位邻居，我也曾见过，貌似是位颇有阅历的中年人，面色白净、态度和善，举止彬彬有礼、温文尔雅，他的手腕上常常戴着一块镀金的名表，衬衫领带的品位都不俗，怎么看都跟大家口中的砸车人形象不符。

这几年，我所在的三线城市房价飙升，连小小的车库都价格不菲，动辄便要十几万、几十万，比普通家用轿车的价格都要高，所以小区里的业主们都将车停在自家楼下或是路旁，可以节省好大一笔费用。

但如此便有了隐忧，即便如今稍微有些档次的小区都安装了摄像头，但总会存在覆盖不到的死角，因此也便有一些居心不良的人打起了车的主意。

这些歹人一般不偷车，他们都是趁着夜深人静之时瞄准目标，砸碎车窗偷取车内的财物。我曾亲眼见过小区里的车被砸后的惨状，前后玻璃被砸出大小不一的残洞，碎玻璃碴凌乱粘连，看着令人惊心而气愤。

但那位邻居看起来并不像贪恋他人财物的人，为何也要效仿歹人砸车呢？

后来，我从保安师傅的嘴里断断续续地得知了事情的真相。原来他那天深夜去参加了一场酒局，喝得微醉，出租车司机将他送回来，风一吹，他忽生一股戾气。

也许是中年危机已至，也许是酒场应酬令他憋屈，又或许是多年沉闷的生活令他窒息，总之，他忽然心生歹意，想狠狠发泄内心那股不可抑制的暴怒。

于是他捡起路边的石块，狠狠地砸向那些停在小区马路上的车。

微信群里，邻居们都很感慨：“表面上多好多善良的人啊，怎么私下里干这种事呢？”

善良是一个特别美好的词语，但它是有定语的，因着这些定语，它有着截然不同的含义，比如在公共场合的善良和独处时的

善良，就有着天壤之别。

02

在邻居们眼里，这位中年大叔曾经是个非常善良的人。

他在小区里会主动与大家微笑打招呼，见到花园里有果皮塑料袋会很自然地捡起来丢进垃圾箱，如果有老人同行他会体贴而周到地为他们扶着楼道门或者电梯门，见到小朋友疯狂地奔跑嬉闹，他也会好心地出言提醒不要摔倒。

在大家与无良的物业争取业主利益时，他总是积极出谋划策；在与邻里发生鸡毛蒜皮的日常纠纷时，他也宁愿退避三尺，以和为贵。

可是这样一个表面上识大体顾大局、热情和善的人，在深夜悲郁独自一人的时刻，居然能够拿起利器一口气砸碎好几辆车的车窗，真是令人大跌眼镜。

一个人的善良，有很多种表现形式，热情和气是善，为他人着想是善，不打扰别人是善，帮助别人也是善。可是这所有的善意，必须是真诚的，发自内心的，人前人后具有一致性的。

若人前和善、背后龌龊，那这样的善是伪善，就如同岳不群一样，名义上是“君子剑”，实际却是内心糜烂不堪的一只臭虫。

上学时曾经读过一个故事，两位驴友相约徒步穿越漫无边际的沙漠，但他们都太过于自信，低估了大自然的威力，行至半路，其中一位便因为脱水而陷入昏迷。

其实，另外一个人私底下藏着一壶水，那是他的救命水。当时的情形，他可以选择救同伴，也可以选择自己喝掉一壶水，独自上路，因为对于他来讲，那个同伴不过是个毫无交情的陌生人，即便他不施以援手，茫茫沙漠，也不会有人发现。

在荒无人烟的地方独处，作恶或者泯灭良心的成本实在太低，因为即便伤害了他人，法律也难以追究，只要道德闭眼，余生也不会受到谴责。

可是，他选择了救自己的同伴，他用最后的一壶水将同伴唤醒，两个人相互扶持着，找到了水源，找到了绿洲，走出了沙漠。从此，他们成了一生的莫逆之交。

03

生命漫长，人类的性情从不会彻底扎根，它们时时刻刻都在裂变、生长、组合、再次裂变，所以，其实每个人的性情里都有善念，也会有恶念。

德国哲学家康德曾经用一段话来形容鬼，他说鬼这个名词，在公开的场合总是被否定被怀疑，但是在私下，总是有秘密的相信者。

我觉得把这句话里的名词替换成“恶念”，也同样适用。在大庭广众之下，任何人都可以是善良的，都可以披上天使的外衣。

可是独处时，四野无人，万籁俱寂，恶念便如同水草，总会扭摆着身躯透出苗头，纠缠你的善念，试图撕扯你、改变你、战胜你。这样的恶念，俗称心魔，有时心魔骤起，便如同鬼上身，什么善良、真诚、道德底线，通通会被愤怒的火焰吞噬，支配着失去理智的人群做出不可思议的事情。

我的那位邻居，平日里定然也是善意满满的，他的一言一行一举一动并不虚伪，但夜深人静时，他的恶念忽生，便再也控制不住自己，成了连自己都讨厌的那种砸车贼。

后来听说，他在派出所里态度很是诚恳，愿意赔偿车主们的所有损失，所以不久之后，此事便烟消云散了。但是生活中，还有那么多的人正在或者已经举起了砸车的利器，准备将身边的美好与平和打碎。

隔着屏幕，你有没有做过那种毫无理智胡乱骂人的喷子？网络口水战是最容易被围观的战场，偷偷地向谁泼脏水或者扔石头，都不会被发觉，毫无成本的谩骂，你是否享受那份快感？

瓜田李下，你有没有偷拿过别人的东西？在无人的角落，做贼可以不必心虚，只要你下得去手、狠得下心，贪婪便会成功地将你吞噬。

与弱者相逢，你有没有欺负过对方？彼时彼刻，荒郊野岭，打他、骂他、凌辱他，他都无力反抗，只能跪地求饶，也许你一生只能有这么一次做成功者的机会，那么你会不会尽情撒野？

悄悄问自己这几个问题，你会发现，你的内心也会有细微的波动。人非圣贤，偶尔的恶念可以被原谅，可是，如果你因着恶念做出恶行，便另当别论了。所以，无论失意或者得意，我们都不要做内心那个讨厌的砸车贼。

善良很容易，因为它是一种选择，大多数人都会对自己的这个选择青睐有加，甚是满意。

可是人生真正难的，不是你选择了善良，而是在独处时，你仍旧能够守住这份善良。

真正的富养是父母彼此相爱

01

两个月前楼上来了一家租房客，男人矮胖身材，光头，脖颈间佩戴着浮夸的金链子，女人神色青郁，寡言少语，手里领着四五岁的幼童。

我对他们的第一印象不是特别好，感觉夫妻间有着一股怪异的疏离，那幼童也是怯怯的，在电梯里偶然碰面，总是拼命向女人身上钻，不肯唤人。

女人倒是温和，总是客气地打招呼，但即便如此，她的气质仍然令人觉得不自在。

然后很快，我就找到了那种怪异感觉的源头。

在他们搬过来没多久的某个三更半夜，突然楼上一声巨响将我惊醒，侧耳一听，原来是那对夫妻在打架。

是的，是打架，不是吵架。世间那么多寻常夫妻，彼此脾气各异，生活在一起偶尔吵架拌嘴是再正常不过的事情，但是拼了性命大打出手的，就不多见了，尤其是在文明的城市。

吵架不一定会打，但打架就肯定会骂了。一时间，透过楼层水泥板传来各种刺耳的声音，硬物被骤然摔烂的轰然巨响，男女竭尽全力的肮脏咒骂，突如其来噼里啪啦的耳光霹雳，以及孩子撕心裂肺的惊心号叫。

万籁俱寂的深夜，我捂住耳朵躲在被窝里，觉得楼上此刻就是人间地狱，因此倍加心疼那个怯怯不敢语的幼童。

他有个残暴不堪、动辄出手伤人的父亲，也有个心有不甘、满嘴污言秽语咒骂不停的母亲，小小幼童未曾懂事便已然身处暴风骤雨的中心，面对的是父母的争吵谩骂与拼力厮打，如此这般裂出满目伤口的家庭原生土地，怎能长出健康茁壮的青苗?

两个月来，楼上夫妻每隔两周便会打一次，甚至有一次从他家里扔出过被刀砍烂的单人沙发。不出所料，那个幼童变得更加敏感胆怯，甚至是呆滞，偶尔相见，面无表情，仿佛受了莫大的惊吓，愈加不愿见人。

都说小孩子最是心明眼亮，他虽还未拥有成熟完整的言语表达能力，但伤心的无力和敏感的羞赧，一样都不曾缺失，甚至，他的感受力要超越一个身心完善的成年人。

很多男人女人，在还未学会如何做别人父母的时候便骤然成了父母，被迫去面临或者接受命运的安排，他们本身或许仍性情未定，或许迷惘踌躇，即便已然身为父母，却仍不知该如何收敛自己，如何富养自己的孩子。

而真正的富养，不是为孩子提供多么丰厚的物质条件，也不是提供多么浓厚的文化环境，而是提供一个快乐无忧、充满安全感的家。

父母彼此相爱，就是孩子最大的安全感，也是最完美、最成功的富养。

02

原生家庭对一个人的伤害，远远超过贫穷、成绩欠佳、失恋、失业等困苦带来的压力与桎梏。很多人都有童年阴影，无论是显性或者隐性，都或多或少地存在着，一辈子如影随形，如同水蛇一般潜伏在大脑的最深处。

而家庭内父母的不和睦与争吵，为孩子带来的最直接副作用就是敏感、多疑、失去安全感、自卑和怯懦。这样的缺失，是用多少洋娃娃和奥特曼玩具都弥补不了的心理伤害。

表姐的婚姻已经持续了十四年，而这十四年里，她与老公争吵了无数次，离婚闹了四五年，虽未曾大打出手，但彼此恶语相向或者实施冷暴力却是家常便饭，即便是局外人，望着这样纷扰不堪的婚姻，也难免生出心灰意冷之念。

偏偏表姐又是直性子的女人，每次争吵之后都要向人大吐苦水，不停地说着“这次一定要离婚”或者“我再也忍受不了这样的生活”之类的言语，像极了祥林嫂。

说真的，我很害怕她在争吵之后跟我诉苦，因为那样的负能量听起来实在是令人心情黯淡、无所适从。中国人对于旁人婚姻的理念向来是劝和不劝分，而他们夫妻之间的争吵也着实不是什么能够上升到原则性的问题，无非是昨天言语不和了，或者是今天挣钱少了之类鸡毛蒜皮的事。

所以我也只能不断地说“好好谈谈”“消消气，冷静冷静”之类的废话。

因为我知道表姐其实只是发牢骚，并不是真心要离婚。而且毕竟我是旁观者，虽然也随她一起愁郁不堪，却并不能感同身受。

真正痛苦的是她家的小女儿欣欣。

欣欣自小是跟着外婆长大的，因为远离父母，性格难免内向。回到父母身边以后，他们夫妻又三天小争、十天大吵，每次欣欣都被吓得哇哇大哭。她现在十岁了，毫不意外的是，性情愈加沉默内敛，敏感的小心思如雨后春笋丛生却不愿与旁人过多倾诉。

其实她原本是个非常欢快可爱的孩子，小时候与我发疯般地玩闹厮打，毫不内向。如果她成长在一个父母倾心相爱、互敬互谅的家庭，一定会是个凡事积极、阳光明媚的开心果。可是，她的原生家庭既不能给她物质享受，也不能给她文化熏陶，甚至连爱，都掺杂着无休止的漏洞。

就在前天，表姐与我微信视频，手机画面里欣欣正埋头哭泣，无论表姐怎么哄都哄不好。我问原因，表姐没心没肺地笑，说自己因为吵架扬言要离婚，孩子信以为真了。

我被气得无奈而笑，**成年人往往口无遮拦心口不一，可孩子却是天性敏感多疑、习惯信以为真的。随意的一句“离婚”，对大人而言，仅仅是逞一时口舌之快，可对孩子而言，却是比天崩地陷更可怕更灰暗的堕入地狱的前兆啊。**

03

在婚姻状态内却不相爱的夫妻，最容易陷入出轨、冷暴力、争吵、厮打的怪圈，他们有的能一别两宽、各自欢喜，有的却宁愿互相折磨也不愿离开这千刀万剐的生活。

但大多数婚姻里的夫妻仍是彼此有爱的，只是这爱情在一地鸡毛的生活重压之下逐渐被琐碎憋气代替，于是埋怨丛生，离婚的口号此起彼伏，互相撕扯谩骂得兴起，丝毫不顾怯生生躲在墙角里那双可怜巴巴、紧张兮兮的眼睛。

你口口声声要富养孩子，频频发誓要给他这世间最美好的一切，不让他受半点苦，拼死护他一世周全，却转身对伴侣大呼小叫、声嘶力竭，动辄摔盆子摔碗，这样的富养，不是富养。

富，从汉字结构来看，从“宀”从“畐”。“宀”的意思是“房屋”，“畐”的意思是“充满”。房屋充盈是为富，引申而讲，充盈的除了家人与财物，还要有爱有安全感。

没有安全感的富养，即便给孩子提供全世界最豪华的别墅和所有珍馐美味都无济于事，因为从心灵懵懂致知的最开始，一切便都是错的。

千万别忽略家里那双懵懂的眼睛，因为在你的家里，那双眼睛才是最明亮的，那颗心灵才是最敏感的。

同事家的宝贝今年两岁，每次他们夫妻之间以冷暴力对抗互不理睬之时，孩子都会发烧感冒。或许，孩子是以这种方式在默默抗议，抗议着缺乏温情和爱的家庭，抗议着本应该得到却日渐丧失的温暖。

相爱有多幸福，相杀就有多残忍。而最残忍的，是让一双纯净如深湖的眼睛无力地目睹这样的不堪和痛苦。

我自认为是被父母富养长大的孩子，虽然小时候家庭物质条件不甚富足，但是父母均开明温厚，最重要的是他们互敬互爱，几十年来甚少争吵。父亲前年生病之后脾气渐渐大了一些，但母亲心知发脾气不是他的本意，仍是对他悉心照顾、体贴入微，令人动容。

在此环境熏陶之下，我和姐姐的幸福指数都很高，性情也温婉随和，遇事都愿意为旁人多考虑几分，不偏激、不势利。

因为有安全感，因为有底气，因为精神富足，因为曾经经历人生真正的富养，所以即便遭遇莫大的磨难也心知承受得起。

也许我们大多数人并不具备为孩子摘星捞月的能力，也无法给他全世界最富足的生活，可是我们仍可以在亲手搭建的茅屋里与心爱的人温柔相拥，并告诉怀里的孩子，我们彼此相爱，并且我们都很爱你。

有泪尽情流，也是一种能力

01

微博上收到陌生人的一封私信，虽隔着屏幕，我仍然感觉到了那言语中隐藏的深深的悲恸。

他说，他那暴戾不负责任的父亲几天前喝了剧毒农药，在重症监护室奄奄一息，父亲一族举全家之力救他，却注定将会以悲剧收场。如今，他欠下高额债务，内心对父亲的恨与日俱增，炎炎盛夏，却如同没有心脏的稻草人，任凭寒风如刀，道道都是鲜血淋漓的伤痕。

他说，他不知该如何支撑下去，未来、梦想都再与他无缘，从此以后，在自己的世界，他便是孤苦无依的流浪者，再也找不到栖息的地方。

他还说，从来没有什么感同身受，只有冷暖自知，他看透了人性，知晓了苦恨，再难温柔地对待人生。

屏幕外，我手指冰冷，无言以对。这样的人生境遇，该如何安慰，恐怕语言再暖心，文字再华美，都无法融化一个年轻人内心的寒冰。人生有些艰难，是跌入谷底的悲恸，注定无法以外力来拯救。

我只能说，找个没有人的地方，哭一场，无论如何，日子还要继续。

可是他说，哭，已经没有泪水了，如今是哭都哭不出来。

有些困境，眼泪已然无用。他不想给自己软弱的暗示，因此鄙视泪水，痛恨自己的无能。可是，他抱怨之后，悲苦之余，仍会咬牙跺脚熬过余生，因为他的内心还有挚爱的亲人，他不能流泪，更不能倒下。

想必一个人最深沉的伤心便是欲哭无泪了吧。不是不想哭，只是泪水已经流尽，继续哭，只能是干哑的号啕，是沉默的隐忍。泪水也分两种，一种是凝结成珠零落溢出眼眶，一种是化为苦血渗入心肝脾肺肾，将每一个细胞都渲染为困苦的颜色，终生隐匿，一世纠缠，从此与欢笑再无半点干系。

02

曾经，我有过一个男朋友，寒夜里，我们聊起彼此最后悔的事情，他讲到了他与他的父亲。

20世纪90年代末，他的父亲是当地的一个公务员，拿着铁饭碗，穿着国家干部的工装，很是风光。但他与父亲的关系一直不是很和睦，因为两个人的脾气都倔强得如同钢铁，恰恰他又值青春叛逆期，常常顶撞父亲，有时气急了，暗地里他偶尔会咒骂父亲。

命运总是很残酷，结果不幸真的发生了，在一个漆黑的夜里，他的父亲毫无征兆地出车祸，去世了。

这样的人生苦痛，仿佛晴天霹雳，一瞬间击碎了整个家庭的幸福。他的母亲是一位美丽且坚强的女性，但纵使她如何坚韧顽强，也不曾想过会有这样的中年打击。她以泪洗面，被命运的火焰吞噬，体无完肤。

而他呢，年少气盛，天真幼稚，却自始至终没有掉落一滴眼泪。中国人常说人生有三不幸：少年丧父，中年丧偶，老年丧子。他突遭人生的大不幸，却偏偏不允许自己哭出来。

问他为什么，他叹息摇头，说不清道不明。当时他尚不足二十岁，也许是痛恨父亲的无情吧，痛恨他竟舍得弃全家而去，连最后一句话的时间都不曾给予，只留给他一个血肉模糊的印象；又或许是与自己在赌气吧，他不愿承认自己的悲伤，却又深深愧疚，觉得是自己的咒骂导致了这场悲剧，偏偏年少时自负而气盛，总是试图证明自己的不凡与正确，冰与火的双重煎熬，令他宁愿悲痛欲绝，却强忍着不流一滴眼泪。

等他过了二十岁，阅历慢慢增长，思维逐渐成熟，才惊觉当年的自己是多么幼稚，才肯在夜深人静时流下悔恨和怀念的眼泪，对于他而言，这很不容易。

记得那一晚，他拥着我哭了很久很久，那眼泪是他与父亲的和解，也是他与自己的和解。

有时眼泪就是拥有这样神奇的魔力，它能打开一扇心门、一扇记忆的窗，彼时彼刻，倾泻而出的绝不仅仅是一场积蓄了多年的眼泪，更是尘封已久却迟迟不愿被提及的爱恨痴缠。

03

综艺节目里，女嘉宾回忆往昔之时，顷刻泪流满面号啕大哭，一贯嬉皮笑脸以不正经著称的薛之谦竟然感慨万千，他说，自己也好想大哭一场，但是竟然哭不出来了。

他的前三十年经历，爱过恨过，见过绚丽的烟火，也有散场后的寥落，如此多的不甘心不情愿，到头来因着那一腔热情和咬牙坚持的努力，成就了他如今人前人后的光彩夺目。

但他的内心一定觉得自己不够强大，因为他在风刀霜剑里摸爬滚打之后，令自己的情感顿挫，已然有了麻木的迹象。所以他没有眼泪，没有大喜大悲，即便再遇到勾起内心波动的触点，也再也不能痛痛快快地哭一场。

丰富而不同于寻常的阅历能催化一个人性情的成熟，而往往成熟要付出很多的代价，比如天真，比如任性，比如柔软。只有幼童会因为没有得到一根馋了好久的棒棒糖、失去妈妈的拥抱和膝盖被摔伤而大哭大叫，而稳重成熟的大人们甚少会因为求不得、得而失或者受到伤害而泪流满面。

也不是不想哭，是觉得眼泪挂在孩子脸上是天真无邪，而流在自己的眼里便是无比恶心的矫情，我们大多数人最害怕的，便是被人贴上矫情的标签，因此只能在人群喧嚣的时刻灰溜溜硬生生地将情绪隐藏，强装出一副处变不惊、风雨过后未生波澜的模样。

最可怕的是，这样的面具在脸上挂久了，连自己都忘了自己曾经是怎样的天真如何的可爱，恍惚间生出几分幻觉，以为成熟稳重便是人间真相，渐渐地，竟连眼泪是咸是酸，都不再记得了。

原来有泪尽情流，竟是这样一种奇妙的能力，当你拥有它时，你鄙视它、污蔑它、拼尽全力意欲甩掉它，但当人生成长的拐角来临，你稍不留意，它便会悄然溜走，而待你幡然醒悟，竭尽全力地念它寻它之时，它却如同被抛向湖面打水漂的石子，扑通扑通几声，便消失不见，永沉湖底。

04

你有多久没有放声痛哭过了？我们又是从何时开始，不再有眼泪的呢？

年少时期，青春叛逆，我们天真地对自己说，不能输，不能掉眼泪，其实是一种赌气的话语。那时候以为眼泪是世上最讨厌的东西，你一旦流泪，便会被身边所有的人瞧不起。你害怕别人的不屑一顾、嗤之以鼻，所以固执而倔强地把泪水围截在眼眶之中，宁可受伤，宁可遗憾，也绝不流泪。

当你突遭命运重难，硬生生被世间铁锤砸进人生最低谷时，你想声嘶力竭地哭喊，也想旁若无人地吵闹，但那种忽生的无力感和失重感，会令你觉得泪水是最无用的软弱，你哭或者不哭，闹或者不闹，悲伤就在那里。你告诫自己说，既然泪水无用，索性不如硬扛到底，反正，日子还要继续熬下去。

等你自认为已然长大成熟之后，历尽沧桑除却巫山，想哭，却再也哭不出来了。其实悲伤并没有减少，反而生命愈长，听过见过经历过的不公与灾难会愈多，但此时此刻，你会告诫自己，不要哭，不要流泪，眼泪只会令别人在角落里看尽自己的笑话，自己也会觉得泪水竟如此矫情和无聊。

其实泪水何曾矫情过，只不过是人心难测罢了。这人生之初便已拥有的流泪的权利，是你自己在成长的路途中逐渐抛却了而已。

只是，这样的能力弥足珍贵，失而不得，需要我们用一生来珍视，因为这是上天赐予我们这些软弱而坚强、普通又独特、愿在风雨中成长、愿在泪水中幸福的平凡人的权利。

愿你做个有耐心的姑娘

01

从小到大，我身边最好的朋友，都是那种温文尔雅、贤惠端庄且超级有耐心的女孩，与她们相处，无论是一颦一笑或是一言一行，都能令我如沐春风，每个细胞都透着汩汩的舒坦。

也许交朋友与谈恋爱有异曲同工之妙，都是需要性格互补的。我的性情急躁而冲动，因此遇到贞静有耐心的女孩，便会不由自主地迈不动腿，口水在心里早已流出三尺长。

初次遇见桃子，是在高中，我们同班，也住在同一个宿舍。那时入学要先军训，因为是第一次住校，我不懂如何照顾自己，笨手笨脚的，教官屡次当众批评我的被子叠得松松垮垮，勒令我必须把被子叠成四四方方的豆腐块才能过关。

我当时恨死那个教官了，觉得他那张黑黢黢的脸比阎王还讨人厌，但是他又很凶很严厉，我不敢跟他作对，只能晚上不睡觉，噙着眼泪反复练习叠豆腐块。

听说往被子里洒水，被子更容易成型，我悄悄地起了这个念头。可正当我端着一杯水，咬牙闭眼准备往被子上泼的时候，睡在我上铺的桃子探过头来用轻柔的声音说："明天早上，我帮你叠被子吧。"

九月初微燥的深夜里，窗外的路灯有柔光飘进宿舍，她那张青春恬静的脸仿佛一瞬间笼罩着圣母光晕，对我而言，宛如救世主。

我们成了好朋友，但更准确地说，她是像姐姐一样照顾着我。女生饭量小，我们常常共吃一份饭，但我总嫌学校食堂排队打饭的人多，不愿意去挤，她便让我去餐桌旁坐着等，她自己去打饭。

其实不仅如此，凡是需要排队等待的事情，都能令我心浮气躁，超过五分钟我必然如同热锅上的蚂蚁般似有百爪挠心。但桃子不一样，她如同一根定海神针般永远不慌不忙，周围的人群再拥挤，环境再喧嚣，她都能镇定自若、满脸淡然，耳中塞个音乐耳机，世界便自动与她隔离，半点不能打扰到她。

02

我很羡慕桃子，所以经常问她："你是怎么做到的？"

桃子满脸疑惑，回答得却依旧不慌不忙："没关系啊，反正我有时间，不怕等。"

是啊，有时间，谁没时间啊，我没有吗？高中学业是很繁重，但总归不会忙到连打饭、灌热水、叠被子的时间都没有，说到底，是我没有耐心而已。

她就是那种温柔、娴静、有耐心、有爱心、永远不慌不忙的姑娘，她的床铺最整洁，课桌最干净，生活最精致，平日里我嫌麻烦省掉的好多日常步骤，她却雷打不动地坚持着，比如每天洗头，每周洗两次衣服，还有每个晚自习给我补课。

因为我脾气急躁，上课稍微有听不懂的地方便气急败坏地生闷气，开始胡思乱想、灰心丧气，于是晚自习时，桃子便不得不充当我的家庭教师，为我再次讲解一遍。

到了高三之后，我上课便不敢胡乱闹情绪了，不是因为我幡然悔悟，而是因为我不想随便耽误她的时间，那时她的成绩在年级前十名之内，老师们都对她寄予厚望，希望她能考入北京的名校。

后来，桃子果然考上了北京的一所著名学校，虽然不是北大清华，但她很满足。大学里，她依然是个很安静、很优秀的姑娘，每天泡在图书馆读书，三点一线，心无旁骛。

有很多男生追求她，不仅因为她的性情，还因为她的美貌，但桃子都没有心动过，虽然身边的人都在风风火火地忙着社团活动和谈恋爱，但她依旧不慌不忙，做着自己的定海神针。

几年后，她被保送了研究生，又过了几年，她研究生毕业，被某个研究所高薪聘请，然后她遇见了生命中的Mr. Right，幸福地成了一个男人的妻，一个男童的母亲。

03

我所在的城市距离桃子很近，也经常会去那边出差，所以两个人相聚的机会不算少。如今的桃子，虽然也有繁重的生活压力，也会偶尔有不如意，但仍旧全身透着无法掩饰的光芒。

她的家永远干干净净，即便有两岁的儿子常常搞破坏东涂西抹，但她总是很有耐心地收拾着一切。我经常会不由自主地想起身边很多同事，她们的家乱七八糟、杂乱不堪，但一句“家有宝宝，没有办法”仿佛就能令全世界对她们都瞬间宽容起来。

不是所有的女人都有桃子这般的耐心，这是一种天赋，但也是一种选择。

某一天中午，桃子正准备午饭，桌子上已经摆满了菜，忽然她仿佛发现了什么似的，提出下楼去超市买香菜。

我很诧异，她莞尔一笑，解释说："红烧鱼上面撒点香菜会更好吃。"

"何必这么麻烦呢，这已经很好了。"我很疑惑。

"没关系，反正我有时间，很快的。"

是啊，无论工作是怎样按部就班，生活压力如何大，桃子的时间仿佛永远那么充沛，仿佛永远可以浪费，而我们太多人匆匆忙忙、马不停蹄，却也并没有得到更多，反而失去了耐心，失去了自我，失去了原本美好的生活。

我们没有时间打扫房间，没有时间学习，没有时间恋爱，没有时间为心爱的人做一顿色香味俱全的晚饭，但我们真有那么忙吗，到底在焦虑什么，又为何如此急躁呢？

我们的耐心，经年累月，都去哪儿了呢？

04

生活中有很多类型的姑娘，美丽的、热烈的、聪明的、温柔的，她们各有香气，各有风姿，但我最喜欢桃子这样的姑娘，安静却不木讷，优秀却不匆忙，有足够的耐心去对抗时间喧嚣，懂得享受懂得生活，就如同一缕清风拂过，又如同一棵春天里的树，兀自生长，依旧盛开繁花。

我认为女性最值得珍视的品质就是善良、温柔、耐心，因为女人若水，只有足够的柔和绵延持久，才能化解这世间的戾气和焦躁的人心。

其实，除了桃子，我身边还有很多这样的女性，比如我的姐姐，她对待自己的每一个学生都极尽心力，常常在课堂上讲课讲到嗓音嘶哑，课后又耐心指导每一个成绩落后的孩子。有些事情，坚持一天两天容易，但坚持十年，需要的就是强大的意志力和足够的耐心。

还有我的妈妈，外婆因瘫痪卧床六年，她在身边整整照顾了六个春夏秋冬，真的是毫无怨言。每天三餐之前，她会为外婆洗手，先喂饱外婆后，她才会去吃饭；每个夜里，外婆因疼痛而无法入眠，她便不眠不休地守在外婆身边，为外婆按摩擦身。如果不是爱得深沉，如果没有足够的耐心，恐怕早已“久病床前无孝子”了吧。

还有我身边很多的女性朋友，都是能够沉下心来不慌不忙深入世间烟火的美好女子，她们画得眉，也能够征战职场；下得厨房，也能够打扫战场，不同的是，即便人生匆忙，她们仿佛永远有着充沛的时间。

而作为反面教材的我，却一直没有学会如何成为一个有耐心的姑娘，我总是很着急，总怕来不及，每一步都匆匆忙忙，但每一次都不能如愿以偿。

其实急什么呢，无论是生活，还是美好，都是急不来的。虽然时光匆匆，但善待自己、善待世界的时间，总归是有的。

所以，不要急，慢慢来，未来的日子，我愿和你一起，努力做一个有耐心的姑娘。

想不到你是这样的人

01

生活是顽童手中的万花筒，处处有惊喜，也会时时令人大跌眼镜。当我在街心公园偶然撞见前任领导的那一刻，我便对这句话再次深信不疑。

那是个初夏午后，街上行人不多，我从超市回家途中路过公园，不经意间便发现了一个熟悉的身影。

他手里紧紧拉着一位身影绮丽的女士，两人甜蜜地依偎着慢悠悠地边走边聊。忽然他们貌似一言不合，女士甩开他的手大步流星骄矜地朝前走去，他嬉皮笑脸地紧跟过去拽住她的衣襟拦住她，她强忍着笑故作不依不饶，两人棉花糖般扭来扭去、拉拉扯扯间，他突然环顾四周，见无人便抱住她的大腿跪了下去！

我无法描述自己当时的震惊，如果你见过他在职场上那副强势做派、严肃面孔，以及一本正经、浑身煞气的模样，就会知道我为什么会当场被雷到外焦里嫩、浑身金黄。

他是我曾经的领导，办公室里咄咄逼人、风雷决断的角色，大家都敬佩他超强的业务能力，同时也畏惧他那张貌似天生冷若冰霜的脸。他对下属要求近乎变态地严格，他的身边永远是低气压，令人不寒而栗、心惊肉跳，我当初也是因无法承受那无形的巨大压力才选择的离职。

但没想到，在心爱的女人面前，他居然是这种人！

他满脸嬉笑着跪在石子路上，忠犬一般紧抱着她的双腿，不住地摇尾乞怜，做各种无辜无赖贱贱的表情哄她开心。她原本也不是真心发怒，瞬时被他摇晃得笑靥如花，两人重新搂抱亲昵在一起。

每个人都会有很多副面孔，人前一副人后一副，工作时一副生活中一副。你所看到的强势也许在背后的下一秒就是甜如蜜的软，你所看到的风光也许正是你所看不到的孤单。人是如此立体，你无法完全看透。

02

近两年，妈妈经常对我抱怨说，自从爸爸生过一次病之后，脾气就变坏了。当时我还在为爸爸辩解："不会啊，老头儿情绪挺稳定，你看，吃饭不挑食，看电视笑呵呵，从没见过他发脾气。”

每每这时，妈妈便会撇嘴：“那是在你面前不发脾气，私下里他对我可是经常大嚷大叫呢。”

我抿嘴含笑，总以为她的抱怨是空穴来风，因为我眼中的爸爸，是一个相当和善乐观的老头儿。他身体不好，医生建议他少喝酒、少吃油腻、多溜达。在我家疗养的日子里，我便严苛地限制他的饮食，每日安排他下楼散步，他从来都是笑脸应承，不会有半点不情愿。

但是有一次回家，我相信了妈妈的话。因为未进家门，我便听见了爸爸高声的嘶吼。那激烈的声响随风飘过院墙，一字一句都落入我的耳朵。

“酒不让喝肉不让吃，你这是虐待我！”“天天锻炼有什么用！别听风就是雨！”“你这个老太婆，一点人情味都没有……”

爸爸的抱怨如暴风骤雨般密不透风，但自始至终，妈妈都刻意忍耐、好言相劝，唯恐他太过于激动引发身体不适，不敢与他争执半句。

但是，神奇的场景出现了，待我走进家门，爸爸看见我的那一刻，立即停住了高声叫嚷的嘴巴，换了一副和善可亲的面孔。

说实话，在那个瞬间，我心疼委曲求全的妈妈，也心疼在我面前强装笑脸的爸爸。妈妈心疼他，精心照顾他，即便挨了骂也理解他，而爸爸因为身体不便，难免对生活抱有怨气，可他不愿为孩子增加负担，不愿让孩子担心，只得戴上了和善乐观的假面。

我一直认为他是对生活积极乐观的人，可是其实他只是个普通的老头儿，有着最平凡、最真实的喜怒哀乐。如果不是亲耳听到，我都不知道原来他是这样的爸爸。

大多数时刻，我们将完美的假面展示给无关紧要的人，展示给我们在乎的人，却把最真实的一面留给了身边最亲近的人。

03

最近经常在电视里看到中韩联合录制的一个公益广告，中方的主角是演员邢佳栋。片子里的他是个有着多重角色、多副面孔的人：在公司，他是严厉的老板；在孩子面前，他是严肃的父亲；而在母亲面前，他是个彩衣娱亲的儿子。

其实细细想来，生而为人，我们本身就充满了立体感，没有谁可以是一张面孔走天下。在不同的地方、不同的关系里，我们有着迥异的身份，扮演着不同的角色，自然就有了多副面孔。

在商界叱咤风云、挥斥方遒、横刀立马争天下的精英巨贾，回到家里也可以是温柔的丈夫、和蔼的父亲，也可以脱下西装系上围裙，在锅碗瓢盆油盐酱醋的世俗烟火里尽情体味着温馨和满足。

朋友圈里卖力吆喝刷屏不已的各式微商代购，关掉手机退回生活，也可以是眼角温柔、嘴边带笑，悉心为稚儿洗澡喂饭、讲童话读绘本，为丈夫洒扫烹茶、红袖添香的娴静女子。

生活有多不容易，只有亲身蹚过悲欢苦乐这条生命之河，曾经感受过春雷冬雪、夏霆秋雨的人，才能深解其中味。那些喊着要表里如一、人前人后如一、无论何时何地都要保持一种心境的口号的人，都是些涉世未深的人。

在职场，你便要有着干脆利落的精练，因为这代表着你的专业；在家庭，你便可以温柔沉静，卸下工作，守着灶台，用温情守护亲情；在聚会时，你仍可以做回那个嘻哈放纵的你，因为你的朋友不需要防备。

是阡陌纵横的社会关系令我们不得不戴上诸多面具。这面具，不是假面，因此我们并不虚伪。只是，在不同的地点、不同的时间，我们需要展示自身不同的性情而已。

04

当人们开始羡慕孩子的单纯时，便已经失去了童真。但这并不意味着长大成熟变得立体就是不可爱的。相反，愈生动、愈立体、愈有血有肉、愈具有多样性，人们才愈加可爱可亲。

这个世界上没有人会喜欢千篇一律的男人和木头美人，唯有生动的、有情趣的、有个性的、充满立体感的人，才最有魅力。

如果不曾见到前任领导在爱人面前的耍宝模样，我想他在我心中的印象将一直是盛气凌人、不可一世的，但自从目睹了那有爱的一幕，他的形象居然悄然转变，变得有了那么一丝温暖的烟火气，有了那么一丝可喜又可爱的世间温情。

如果不曾听到爸爸因身体不适而懊恼不堪的嚷叫，我想我会永远认为他是个没有情绪、没有烦恼、积极乐观的乖老头，但是如今我懂得了他的无力、他的难过，也更加知晓了妈妈的不容易。其实老人的自尊心是很强的，他们往往吝惜于表达自己真实的感受，因为不想拖累儿女。可是，他们真的需要更多的关爱。

只有懂得了每个人都是自带多重角色的个体，都有着色彩斑斓的性格，我们才能学着更多地去体谅、去理解。而这份理解，就是你给予世界的最大的尊重。

因此，当别人偶然见到了你不为人知的那一面可爱，对你惊呼："原来你是这样的人！"你也可以坦然自若骄傲地回答："对啊，我就是这样的一个人。"

你我毕生追寻的，无非是每个瞬间的尊严

01

前年父亲生病住院时，邻床住着个五十多岁的男人。男人因突发脑出血而入院，下半身失去了知觉。

入院当晚，男人呕吐不止，一群女护士呼啦围拢过来，其中一位司空见惯般脱掉他身上的所有肮脏衣物，然后用小锤子敲打他身体的每个部位以测试活动能力等级。

在女护士做这些的时候，他被迫浑身赤裸地暴露在病房里所有人的目光之下，包括医生、护士、病房内的其他病人和病人家属。虽然他不能言语、不能动弹，但我仍能从他的遮遮掩掩羞赧的眼神中读出几分尴尬与无奈。

于是，我轻轻为他拉上两旁的病床隔帘，将他赤裸的身躯隐藏在小小的私密空间之内。

男人的儿子就站立在床边，他太紧张，也太担心男人的病情，明显忽略了方才的细节。待护士们离开，男人终于安稳下来之后，他的儿子轻轻拉开隔帘，满脸感激地对我说了声：“谢谢。”

我摇头轻笑，心里却颇为感慨。

护士们每天要面对成千上万的病人，她们在意的是病人的病情，或者说在意的是护士本身的工作职责，而男人的儿子一直处在忙乱、焦虑、紧张、担忧之中，他关心的是父亲能否保住性命、是否有恢复的可能。

在那种状况之下，谁会在意一个病人纠结复杂的心理？在生死未卜的紧要关头，谁会顾得上他赤裸着身体的尴尬与无奈呢？

可是，那正是他所在意的尊严啊。**没有人会愿意在大庭广众之下赤裸着身体，将身体私密曝光在每一双陌生的眼睛之下，即便他是个病人，他也有保护自己隐私的权利。而我们总说要尊重他人，不就是要诚意对待他人在每一个瞬间的尊严吗？**

02

外婆去世之前在床上瘫痪了六年，在她久卧病榻的日子里，妈妈每周都会为她擦拭全身，从额头到脚跟，清洗得干干净净。

妈妈是知书达理的人，深知外婆一辈子都喜爱清洁，是个整齐利索的老太太，所以不愿让她在失去行为能力后蓬头垢面地活着。

都说“久病床前无孝子”，但妈妈温婉小心地维护着外婆的每一份尊严，极尽心力地宽慰她久病落寞的心思。

后来政府感于妈妈的孝心，为妈妈颁发了“孝星”奖杯，电视台也纷纷闻讯前来家中采访。镜头前，妈妈感慨地说：“老人也是有尊严的，尤其是久病的老人，虽然他们不能动不能说，但心里什么都明白。”

人孰无老呢？每个人都必然会经历植物一般的春华秋实、夏之绚烂冬之凋零，当我们年迈苍苍之际，当我们痼疾缠身之时，那曾经蓬勃鲜活盈满的尊严不应该随着日复一日的岁月衰败而逐渐被忽略、被掩藏、被践踏。

外婆临终前，妈妈一丝不苟地为她清洗身体换上新衣，一切事宜都妥帖得当，充满了庄严的仪式感，外婆最后含笑而终，没有任何遗憾。

多年以后，每当想起妈妈小心翼翼为外婆擦身的场景，我都觉得那温柔的动作和庄重严肃的神情，透着人间特有的圣洁光芒，那光芒是浓郁的亲情，更是满满的理解和尊重。

王小波说，尊严就是你走在任何地方，都被当作一个人物而不是一个东西来看待。人生的际遇往往难以预料，也不堪回首，但无论是贫穷富贵，抑或疾病健康，我们都有权利在每一个瞬间活得像个有血有肉的人物，活出那么几分厚实的底气与尊严。

03

尊严的被损贬，往往伴随着强权、势差，以及社会资源的不协调，而这种被损贬，有时明显如秃子头上的虱子，有时却以很微小的不易察觉的形式存在。

有一件小事，曾经一度藏在我的心里，久久不能释怀。如今再次回想起来，依旧觉得不甚欢喜。

十几岁时我在县城读中学，每月底回家一次。我家在交通闭塞的乡下，仅有一辆通往县城的大巴车。大巴车每天都超载，但除它之外，别无选择。

有次国庆假后返校，我拼力挤上了大巴车，夹在乌烟瘴气的车厢内不得动弹，连落脚的地方都没有。大巴车行至半路，售票员突然如临大敌般叫嚷起来："中间站着的乘客都蹲下，前面有人在查车辆超员！"

此言一出，车厢内爆发出一阵喧哗，叫嚷声、嬉笑声此起彼伏，在我听来甚是刺耳。车辆晃晃荡荡，过道内很快蹲满了人，只有我依然站立，内心本能地抗拒着。

如此矫情的我，立即被售票员大姐盯上了，她冲我号叫："你傻了？！赶紧蹲下！"

我仍站着不动，一股热辣感爬上我的脸，自觉有种当众受辱的悲愤。但是不知身边是谁，突然将我狠命拽着蹲了下去，我跌跌撞撞，瞬间眼泪涌了出来。

成年世界的规则冰冷而强硬。大巴车超员该罚，但车上的人更怕车辆被查会耽误自己的行程，所以他们拼命抹掉我少女的尊严，强行拉我坠入屈辱的深渊，甚至在成功蒙混过检查之后，他们还在高声指责我矫情、执拗、不识大体云云。

个体的尊严在乌合之众的规则叫嚣面前如此卑微弱小、不堪一击。而在那一瞬间，我所能理解的尊严就是，当你不愿蹲下去的时候，你便可以拥有昂首站立的权利。

04

剥夺一个人的尊严，有时比夺人性命更可憎。在电影《风声》里，黄晓明饰演的日本特务武田就是通过毁人尊严的行为令李冰冰饰演的李宁玉彻底崩溃的。

如果有人被当作一件物什用冰冷僵硬的眼光反复去观摩衡量、判断打压，那么再强大勇敢的心脏也会浸染几分彻骨的绝望与寒意。

而所谓的尊严，我想对于大多数人来说，大概就是总角顽童可以在父母亲戚面前勇敢表达自己的观点而不被怒斥为胡说八道、不懂礼数；大概就是当你两鬓苍苍、大小便失禁之时仍可以得嗅清晨滴露的花香而不被责怪是吃闲饭、搞闲情的；大概就是当你参加选秀能被平等对待而不是被怒吼一声“滚蛋”，或者千里迢迢奔赴外地求职时手中的简历能被真诚认真地看上几眼。

人生来彷徨，也没有谁堪称完美，可是这并不妨碍我们时刻自尊自爱和平等善意地去直面他人的尊严。

而我们从睁开双眼那一刻开始，用啼哭索取爱，努力成长读书，长大后竭尽全力赚钱养家、生儿育女，直至老眼昏花、白发苍苍，每一场努力、每一桩辛苦都是在奋力争取累积能力与资本，用以维护我们生命中每一瞬间的那一丝尊严。

做自己的光，
才能最骄傲

别人的眼光有什么资格杀死你的梦想

01

阿飞是我在准备考研时认识的一个男孩，他很腼腆，也很寡言，当群里叽叽喳喳讨论个没完没了时，他总是像植物一般悄悄地在暗处呼吸生长，毫无声息。

但他又很健谈，每每遇到触碰他心弦的话题，比如如何坚持梦想，他总能一鸣惊人，吸引到所有人的关注。

那个群里的年轻伙伴儿，都是为了相似的梦想而聚集到一起的，大家都在考研的路上苦苦追寻，对明天充满忐忑又满怀期待。阿飞打算报考北京一所重点大学的研究生学院的电影编剧系，而在这之前，他已经失败过一次了。

年轻人聚在一起，总是喜欢热血奔涌、激情澎湃地谈论梦想。那天话题刚起，阿飞便讲述了他追梦的故事。

阿飞在本科读的是图书档案管理学，相当冷门，毕业后工作之路貌似坎坷艰难，于是他准备继续考研，去实现他梦寐以求的电影编剧梦。

而当他填完报名表之后，宿舍里的同学几乎都在暗地里嘲笑他：“农村来的孩子，没看过几场电影就想考编剧？”“都听说过猴子捞月吧，阿飞这是想去水里捞月呢。”“有没有发现最近阿飞的脸色很不好，会不会是觉得没有希望撑不下去又死要面子不肯承认？他每天早出晚归，真的是去学习了吗？”

正所谓“有人的地方就有江湖”，而江湖上的闲言闲语是挡不住的，这是现实，你在乎或者不在乎，它就在那里，永远逃不开。

02

他的这些同学，有的已经在当地签了份月薪两千五百块的工作，有的打算毕业就回家乡考公务员，有的干脆什么都没做，干巴巴地等着混毕业文凭而已。但他们都如同约好一般，对阿飞嗤之以鼻、不屑一顾，话里话外酸意十足，极尽调侃。

阿飞也只是个年轻的男孩，即便再有修养，也经不住如此被人消遣，于是他更加早出晚归，选择做了一个不合群的人。他说，既然不愿直面别人的闲言闲语，又做不到完全不在乎，那么你总有办法避而不见、掩耳不听吧。

不管你承认与否，这个世界上就是会有很多人不希望你能成功，所以你才更要做出个样子来，即便不是为了向世界证明什么，至少你要给自己的青春一个交代。

所以，当阿飞第一次失败后，他毫不犹豫地决定卷土重来。这是一场属于年轻人的执着，他深爱着自己的梦想，没有迷惘，没有怀疑，而最终他成功了，考进了自己心仪的学校，而且陆陆续续地在知名的电影杂志上，也出现了署着阿飞名字的精彩影评。

觉得阿飞很伟大？其实我不觉得他是个伟大的人，毕竟跟他一样为了梦想努力追寻的年轻人实在太多了。但是我觉得他真的很了不起，起码在捍卫梦想的战役中，他对得起自己的初心，也配得上自己的青春。

这个世界上有很多人随波逐流贪图安逸，有梦想但缺少去实现的勇气，所以他们发自内心地希望你能与他们一样，而一旦发现你是追梦的勇者，便忍不住抡起恶意的语言大棒试图杀死你的梦想、你的初心，唯有如此，他们才会安心无愧地拉着你一起过着没有梦想的生活，而且他们还会得意扬扬地说，瞧，这种日子多么美好。

03

如果你曾经也是“别人的眼光”的受害者，那么你一定知道那是怎样一种窝火又无奈的体验。

你披星戴月地刻苦读书，三更灯火五更鸡，终于考上大学，言语刻薄的邻居会假惺惺地凑过来对你的父母说：“一个女孩子上什么大学啊？还不如找个好人家嫁了。”

如果你是男孩子，她依旧有话说：“现在读大学也找不到工作啦，还不如去技校学门手艺可以养家糊口呢！男孩子，啧啧，买不上房娶不到媳妇就惨啦！”

可是，她暗地里还是会照样鼓励自己的孩子好好读书考大学，就仿佛曾经她说过的话不存在一般。

你在自己的工作岗位上勤勤恳恳、任劳任怨，希望有一天能够升职加薪，但突然间你发现其实自己最想成为的不是一名出色的销售，而是一名画家，于是你考虑良久决定辞职去追寻多年的梦想。

这时老板开始苦口婆心地劝了：“不觉得可惜吗？下一个升职的名额已经决定给你了。听说你已经买房了？房贷多少钱？画家朝不保夕恐怕吃不上饭的，看看梵高……”

朝夕相处的同事们也着急了：“你是不是傻？梦想能当饭吃吗？起码公司按月给你发工资，你现在没技能、没名气，要重新做起多难啊。”

好不容易冒出一个貌似支持你的朋友：“我支持你，快辞职吧，哈哈哈！”那样漫不经心、毫不遮掩、带着敷衍揶揄的笑声，竟比阻拦还让你寒心。

在你追逐梦想的时候，有人是善意地阻拦你，有人是恶意地蛊惑你，但不管是善意还是恶意的，都难免会动摇你的决心。你一个不小心，或许就真的沦陷在别人的眼光里，你会觉得上大学好像真的没什么用，吃饱穿暖好像真的比梦想重要得多。

你会在不知不觉之中被别人的眼光杀死自己的初衷，但是别人的眼光有什么资格让你放弃梦想呢？

04

我的梦想有很多，想成为一个画家，想做个花店店主，也想做个背包客，但在所有梦想中，我坚持得最彻底的就是写文章。

从七八岁开始我就痴迷于读古诗，放假时也很少和小伙伴们出去疯玩，而是躲在厢房的角落里读姐姐的课本，后来也开始学着写日记、写诗、写小说。在十五岁时我已经写了满满两大本诗歌，还写了半本的武侠小说，只是这些稚嫩而珍贵的文稿，现在早已不知所终了。

一路上有很多人嘲笑过我，听说我喜欢读古文，会有人挤眉弄眼地凑上来问："你晚饭是不是要吃盘《论语》，再拍个《孟子》？"听说我在写小说，会有人过来偷笑着敲打我的桌子："作家，快点写吧，村头厕所可没纸了。"

每每被人如此嘲笑和揶揄，我真的会气到火冒三丈，恨不得将面前那一张张开玩笑的脸撕个粉碎。虽然他们有时真的没有抱着那么深的恶意，但仍是深深伤害了我。我觉得自己如此不被尊重，我的梦想如此被侮辱。

我有时候甚至觉得有梦想是件悲哀的事情，因为这样会给别人伤害你的机会。我也想过放弃，觉得和大家一样朝九晚五，每月按时拿工资，在公司讨论家长里短，回家窝在沙发里看看娱乐八卦挺好的。

但是我又不甘心，我在追逐自己的梦想，没有招谁也没有惹谁，凭什么要因为别人无谓的眼光而放弃自己的梦想呢？所以，我仍是坚持了下来。而当我真正开始不在乎别人的想法，那些善意或者恶意的玩笑竟然貌似很少出现了。

梦想是你自己的，跟旁人真的没有半毛钱关系。可如果你因为这没有半毛钱关系的来自别人的眼光而放弃你心心念念一辈子的梦想，那岂不是太可惜了吗？

而别人真的没有任何资格对你的梦想指手画脚，所以，你自己的梦想，勇敢去追寻也好，疲惫了要放弃也罢，都要出于自己的本心，因为那才是真正属于你的东西。

你之所以痛苦，是因为能力配不上野心

01

还有两个月的时间，阿斌就要再一次参加英语四级考试了。他读大三，曾经有过一次失败的经历，这次，阿斌准备卧薪尝胆，一举拿下高分。

用他的话说，“这次真的是要拼了。”也难怪，政法班四十多个学生，只有他一个人需要补考，所谓“知耻而后勇”，作为学院内最受女生瞩目的帅哥，他觉得补考是他大学时期最大的污点。这污点足以让他没有勇气去追求心仪的女神。

所以这次他真的是拼了。在定下详密计划后的第一个早晨，闹钟频传如战鼓，他一个鲤鱼打挺蹦起来，到外语读书角，登时书声琅琅，阿斌很自豪。

第二个早晨，虽然起床时间稍晚，但他仍背了几十个单词，嗯，还是很有收获。阿斌很欣慰。

第三个早晨，忽然接到学院通知说上午要准备一个活动，作为学生会干部，他义不容辞。所以，整天时间，他没能再碰英语课本。

第四个早晨，第五个早晨，感觉很累，马上快到周末了，休息休息吧。第六个早晨，第七个早晨，其实觉得自己的单词量还可以，也许幸运的话，这次考试是没问题的……

他又回到以往的生活中，带着痛苦和焦急，生活中计划外的细枝末节总会层出不穷，与他的预想相差太远。这样的挫败，让年轻的心灰暗不堪。

自律是一种能力，然而青春的世界里诱惑太多，自律往往被借口和放纵打败。一颗充满挫败感的心，会在不知不觉之中生出几分迷茫。年轻时，你的痛苦多是因为你缺乏自律的能力而又偏偏觉得自己本应无所不能。

02

这世界上有一种幸运儿，家世优良、生活富足、外貌与内在俱佳，别人终其一生努力要得到的，他们一出生便已经拥有。美美就是这种幸运群体中的一个。

她富足美丽、性情乖巧，成绩在班上拔尖，男生对她犹如众星捧月。但她偏偏就是不快乐。

美美最爱读《红楼梦》，每次读到触动心弦的句子便忍不住随着黛玉一起伤春悲秋。她的内心敏感，对书中那些富贵如云烟、世事是一场大梦的警世恒言最为在意，常常靠在窗前凝眉叹息，哀伤而落寞。

家境的优越没有令她变成高傲的公主，男生的玫瑰花与甜言蜜语并不能让她释怀，堆积如山的奖杯与证书也不曾让她展眉。太过令人瞩目的女孩往往令人嫉妒，但大家偏偏就对美美嫉妒不起来。

大家甚至都很怜惜她，如此美丽、如此富足、如此有才华的女孩，怎么对生活却抱着如此消极的态度呢?

甚至连美美都不知道自己的问题到底出在哪里。她什么都不缺，拥有着令人羡慕的一切，但她的忧伤又是发自内心，仿佛是她自身的一部分。她整日愁眉不展郁郁寡欢，连理想都救不了她的笑容。

她只知道冥冥中她渴望着更深层次的东西，不停留在表象，更无关浮华。虽然不知道那是什么，但某天遇见时，她一定能在第一眼辨认出来。

世界是不公平的，但又是公平的。有的小孩子拥有一颗普通的石头便会欢呼雀跃，有的人拥有整箱夺目的钻石却仍不会露出笑容，因为想着拥有更多。

快乐是一种能力，既唾手可得又遥不可及，是最昂贵也最廉价的天赋。这种能力不会因你富有美丽而多一些，也不会因你贫穷普通而少一些，抑郁症人群中天赋异禀的占大多数，笑容最多的也往往是拥有简单内心的人。缺乏快乐的能力，是我们郁郁寡欢的根源。

03

小安从小就是个心比天高的女孩，出身普通却渴望有朝一日能鲤鱼跃龙门，为此，她付出了十几年的努力。

她是艺术生，主攻舞蹈，从几岁开始便泡在舞蹈房，没日没夜地练功，梦想有朝一日在舞台上成为真正的白天鹅。

但有时努力真的不是万能的，也许小安注定跟舞台没有太大的缘分，即便她付出了常人难以想象的坚忍，受身体条件的限制，她的舞姿依旧不出彩，在舞台上连女二号的角色都没演过。

她不服气，不肯向命运低头，终于在一次高强度的训练中，因为太过心急，腰部严重扭伤，被医生警告一年内不能再跳舞。

小安伤心欲绝，觉得整个生命都没有了意义。她那么狂热地渴望成功，却从来没想过自己是否真的适合跳舞。

我们容易在坚持的路上变得偏执，认为只要努力就能实现所有的梦想，认为成功就是99%的汗水和1%灵感的总和。但是你有没有想过，或许99%的汗水容易得到，而那1%的灵感永远不会到来。

大多数人都没有天赋异禀的幸运，承认自己才华不足天赋不足真的那么难吗？明明能力平平，却野心勃勃，一再挑战自己的极限，怎会不痛苦？也许正视自己，才是找到人生的突破口的真正诀窍。

就像小安那样，在休养的一年中虽不能再跳舞，只能读书写字，但她渐渐发现自己原来有写故事的才华。找到桃花源的出口，人生从此柳暗花明，这不是很好吗？

04

时下流行极简主义，崇尚“断舍离”。但是深究断舍离的含义，仿佛又不只是抛开旧物杂物，远离物质的诱惑那样简单。断舍离应该还包括勇于离开一个令你昏沉的工作环境、离开一个渐行渐远的人和离开一场纠结无望的爱情。

朋友松仔最近正在与老婆冷战中，他考虑离婚，但舍不得尚在哺乳期的女儿，因为他知道如果向法庭起诉，孩子注定是要判给女方的。

他们的夫妻关系里没有小三、没有婆媳不和，只是生活中一些琐碎的事令爱情越来越无望，随着隔阂的与日俱增，婚姻已经成为赤裸裸的鸡肋。

爱情已然不复存在了，仅有的亲情也被无休止的吵闹磨没了，他提出离婚，她要求他净身出户，孩子归她。

一场婚姻是咬牙继续还是从此放手，男人也是会踌躇不前、优柔寡断的，他舍不得女儿，同样舍不得几年来辛苦创下的基业。他想要自由、想要女儿、想要财富，但命运的铁索垂下来，勒令他只能选择其中一个。

断舍离的意义在于人生不是神仙口袋，想装什么就装什么，有时人生就如同狗熊掰玉米，是需要掰一个扔一个的。鱼与熊掌不能兼得，你选择了A，就必须放弃B和随之而来的CDEFG。

当然，贪心是人性的本来面目，并没有什么不好，只是这需要生活给我们贪心的机会才行。如果没有机会，我们也只能作出选择，果断地断舍离，才能保留你最初的野心。

可是断舍离的能力，也不是任谁都能拥有的。如果你优柔寡断、得陇望蜀，只会越来越痛苦，因为你的综合能力，根本配不上你的野心。

05

能力是两个字、一个词，却有着包罗万象的广袤含义。自律是一种能力，快乐是一种能力，认知自己是一种能力，断舍离也是一种能力。

除此之外，它的形式还有很多：自尊、自爱、积极、善良……如果要一一细数，恐怕说上三天三夜也不会重样。而人生痛苦的根源就在于，你明明能量不足、能力不够，却偏偏要以虚弱的光亮与执拗的信念去支撑你日益膨胀的野心。

也许你是目标清晰但不够坚持，也许你是足够努力却错了方向，也许你是纠结于该放弃还是该继续，也许你是糊里糊涂觉得生活理想永远在别处，但究其原因，仍是你不满足现状，想得到更多。

其实贪心何错之有，有野心又何尝不是一种积极？我们只是错在本该静心反思、寻找柳暗花明的时候却感受到了太多的喧嚣纷扰，当意志薄弱的时候又偏偏借口诱惑太多，当沉溺于各种诱惑能力却日益消弭之时，野心却愈加丰盈。

听听你内心的声音，是否野心来得太过凶猛，而能力却已式微。如果是，请暂停下匆匆的脚步吧，因为我们需要的，是一场踏踏实实的人生。

我不要一场无悔的人生

01

你我身边，每日匆匆经过无数人，你可曾留意过，哪些人才会豁达而平和地说出那句“我后悔了”呢?

我想，大多数十几岁到二十几岁的年轻人，都很少会说出“后悔”两个字，无论是走了多少弯路或者做了多少不可思议的事情，他们都会咬紧牙关梗着脖子说“我不后悔爱了他一场”或者“不管怎样，我不后悔”。

因为在年轻气盛、热血沸腾的群体之中，承认后悔就是对自己的否定，是一件很失败、很没有面子的事情，他们恨不能自带主角光环，恨不得天生就神通广大、无所不能，仿佛在为期尚浅的过往经历中，他们的标签就是睿智、精明、从不犯错。

而那些能够坦然而庄重地说出“后悔”两个字眼的，大多是历经世事看透参透的长者或者大风大浪里翻腾过来最终回归寻常心态的成功人士。因为只有成熟的人，才有勇气承认自己的人生错过、悔过、失意过，才有足够的能量和阅历来承认生命本身的不华美，并因此而懂得残缺与遗憾本身就是一种命中注定。

比如马云。受邀在韩国演讲时，曾有记者问他，一生中有没有做过后悔的事情。此言一出，马云很是感慨，他唏嘘地说，后悔的事情有很多，比如他后悔面对媒体，后悔在公众场合抛头露面，搞得毫无隐私可言，也后悔终日忙于工作而没有时间去陪伴家人，他说如果能再活一次，自己一定会选择一场与现在迥然不同的人生。

所以，承认自己后悔能有多难呢？即便是叱咤商界的风云人物、巨贾大亨，生命也有遗憾，也会后悔。我们大多数不过是芸芸众生中最普通的一个，即便后悔，又有什么关系呢？

只有承认曾经的错失，明天我们才能重整旗鼓找到最好的方向，后悔不是一件丢面子的事情，反而代表着春华秋实般的成熟与醇美。

02

至今为止，毫不夸张地说，我做了无数件值得后悔的事情。

幼年时外公很疼爱我，但他去世的时候，我没有掉一滴眼泪。那时的我尚不足五岁，正是懵懂无知的时刻，根本不晓得生离死别是多么悲痛、多么沉重的经历，也不懂得自己面临的是怎样的一种缺失。如今想来，我很后悔，也很遗憾，我后悔当时没有以眼泪表达对亲爱的外公的哀思，也后悔没有珍惜与他在一起的最后时光。

大学时，我一度沉迷在网络剧之中，昼夜颠倒、蓬头垢面，逃课是家常便饭，也无心去参与社团活动和打工历练，如今想来，连自己都忍不住鄙视当年那个不思进取的自己。我很后悔，青春中最美的几年，能量最丰盛，心思最丰盈，而我却遭遇懒惰和拖延的双重牵扯，荒废了生命给予我的美好时光。假如青春能重新来过，我想我会做得比曾经更好一些，至少醒悟之后的我会懂得时光的可贵。

工作以后，踏入社会的旋涡激流，后悔的事情就愈加多了。我后悔在现实的压迫中与残酷妥协，选择了进入一个自己根本不感兴趣的行业，以至于几年职场生涯内都没有取得任何成绩；我后悔在日复一日的重复工作里，没有充分利用碎片时间去学习，以至于庸庸碌碌、平淡无奇，虽心有不甘，却无力改变；我更后悔在知晓自己的所长与从事的职业并不匹配时，仍没有勇气及早踏出舒适圈，而是选择了混沌地继续挣着一份并不丰厚的工资。

李宗仁先生曾说过一句话："如果人生是倒着活，即从80岁开始活到1岁，那么有百分之八十的人都将成为伟人。"这样的人生假设，令大多数人都能够明白，其实后悔只不过是人生常态，是再普通不过的事情，因为我们不是圣人。

而永不后悔，其实才是世间最天真也最容易被揭穿的谎言。

03

生命如此漫长，有无数的可能性在蜿蜒伸展，有无数道选择题摆在面前，一个恍惚一念冲动便可能作出并不十分妥当的决定，又或者也许当时的决定是最恰当的，带着某种宿命感的，非它莫属，但时日悠长，待岁月匆匆而过，回首伫立，那样的决定或许仍然令你错失很多生命的美好。

然而有时候，与悔恨相比，真正可怕的是自欺欺人，是自己与自己赌气。

一位年少时的同窗好友，年轻时在外打工之际与面馆的精明厨师相恋，电光石火间便一发不可收拾，决定私定终身。然而父母心疼女儿，不愿她孤身一人远嫁他乡，苦口婆心、好言相劝，她却一意孤行为爱舍身，偷了家中的户口本和身份证与郎君远走高飞、双宿双栖。

不料三年后，世间的琐碎冲散了当初热恋的浪潮，男人对她不再浓情蜜意，在外面悄悄有了女人，公婆亦是对她爱答不理，视她为家庭内的免费保姆。她早已与父母断绝往来，独在异乡无枝可依，又因为乡音不通山高路远，身边并无知心好友，生活如同一口枯井，深陷其中叫苦不迭却又无力改变。

然而当旁人问她：“你后悔远嫁吗？后悔嫁给他吗？”

她的双眼闪烁着固执的光芒，嘴角透着一丝悲凉的倔强，坚定地说着：“不后悔！”

此时的不后悔，其实不是真的无悔，而是不愿承认曾经的真心错付和对父母的深深愧疚。

人生怎可能无悔呢，可是年轻气盛之时，我们大多不愿意承认自己内心的那丝若隐若现的波动，尤其是在经历了一场刻骨铭心的爱情之后，无论怎样伤痕累累，深陷情爱之中的男女都宁愿自己咬紧牙关，也不对外吐露半分窘困。

他给你一身伤痛，你却沉默不语，这样的坚持不是无悔，而是沉痛已无法言说。既然已无法言说，索性倔强到底，任谁来询问、安慰，都坚称绝不后悔。

04

电影《一代宗师》里有句台词：“说人生无悔，大多是赌气的话，人生若真无悔，该是多么无趣啊。”

是啊，若是无悔，生命该有多无趣。一场毫无差错的人生，就如同被早早设定的圈套，无论怎样完美，终究不能随心所欲，只有遗憾和缺失，才能令人生变得惊心动魄，亦会变得生动惊奇。

人生漫长，遇到几个人渣，做错几个决定，再寻常不过，有时错了就是错了，后悔了就是后悔了，实在无须费尽心思地东拉西扯来诸多借口去掩饰。弯路上也有风景，失意时更能体味人生百态，但这与你是否愿意承认后悔并没有任何冲突。

没有人能拥有不后悔的人生，也没有人愿意拥有无悔的人生，无论是在金字塔尖呼风唤雨的人，还是在底层泥巴里摸爬滚打的人，或多或少都会遗憾，都会在某一个时刻闪过这样的念头：如果回到当初，我定会有别样的选择。

其实，这个世界上只有一种不悔恨的可能，那就是我们不后悔过着有悔的人生。

做自己的光，才能最骄傲

有个女孩给我发来私信，说自己如今非常厌倦朋友圈，内心也已经开始拒绝网络，因为觉得这个世界太过嘈杂喧嚣，真正孤独的时候却不知该向谁倾诉。

其实这种境遇是大多数人都曾经感知过的镜像，拒绝上网、拒绝打电话、拒绝与人交流，自己如同一条孤芳自赏的河，兀自流在喧闹的世间原野，对身边的是非悲喜置若罔闻，对自己内心的各种纠结也仿似有着强大的疏离与隔阂。

这样的日子，你仿佛隔岸观火，能清晰地看到自己与这个世界的一样和不一样。

我回复她说，不必担心，这很正常，一切都会如你所愿变得美好起来。我知道安慰的言语是这个世界上最贫瘠的给予，但我仍然希望她能够在简单的字眼中得到最朴素的安宁。

每个人都应该给自己一段时间来自省。这种时间不带有任何形式，无须刻意，无须张扬，是顺其自然的自我需要，有时带着某种深入探索的使命，有时也可以毫无意义。

我们自己所做的事情，原本就无须给别人交代，所以也无须交代你要去哪里，你对未来有怎样的幻想。

但你要知道，即便此时此刻孤独正如庞大的夜幕笼罩着你，也一定会有一些人始终在关注你、关心你，试图与你的内心接近。

关于幻觉的话题，人们曾经讨论过很多次，我也一样。但是当这个词语从我的母亲口中说出来的那一刻，我仍旧很震惊。

我问她是否人们都需要幻觉才能继续生活下去，她说本来就如此。在那次谈话之前，我一直固执地认为她是不懂我的。

母亲是个坚韧的女人，遭遇过苦难，却始终乐观，这样珍贵的品质，我不知道自己是否得到遗传。我说其实我很幸福，亲人、朋友都很爱我，可是有时候为什么自己仍会无端地难过，总是会无端地流出眼泪。

母亲说那是因为你的内心始终有个阴影。

知女莫若母，我不得不承认她的话一语中的。

因为是个影子，所以可以无处不在，神出鬼没，又因为是阴影，所以它可以随时遮挡我的快乐，让我在欢喜时刻沉醉的心瞬间愁云密布，流出眼泪。

我其实是对磨难后知后觉的人，很多疼痛在当时被有意识地忽略，表现出的是满不在乎的骄傲和故作坚强的微笑，而那些对内心性格的损伤，其实已经很强大，深入骨髓，成为潜意识，成为挥之不去的阴影，只是注定要等时间来印证。

当生命中的损伤终于被我逐渐感知，我才发现自己的内心不知何时已经有了破损不堪的黑洞，里面住着残疾。它们可能常年盘踞在此，自由出入，没有些许搬走的意思。而这样的残碎垃圾，没有人可以为自己清理。

即便如此，其实也不必惊慌，更无须埋怨。哪个人的生命岁月没有阴影？谁的人生能够保证只有单纯的快乐？

《圣经》中写道：“上帝说要有光，于是就有了光。”我不是基督教徒，不知道这句话是否有深意，只是对于它，我有着自己的理解。

上帝是造物主，而我们每个人在自己的世界其实都是主宰，世界如果黑暗，我们可以成为自己的光。

如果光亮足够强大，那么它一定会驱散阴影。

男人总把女人想简单，而女人总把男人想复杂。但其实无论男女，面对疼痛和问题都或多或少会手足无措，每个人都有自己的胆怯和软弱、自私和虚伪，以及心理暗示和迎合，所以每个人都会不自觉地伪装自己，貌似强大无比，其实早已形成了阴影的内核。

而更多时候，在受过伤的地方，最终会源源不断生长出思想来。

在最孤独的时候，思想最容易肆虐生长，而你，最终要做自己的光。

明天不可能面朝大海，更不可能春暖花开。长久的损伤需要用点滴时光来修复，需要累积快乐，需要作出选择，需要耐心和豁达。

过简单的生活，早晨醒来微笑且知道有目标，食物清淡节制却有利于健康，和亲人朋友相聚欢喜不在乎言多言少，爱一个人真心幸福拥抱着欢笑。这样的时光，若你想要，便是日日晴好。

如果有一天你的快乐仅仅是因为新买的床单图案很漂亮，那么你会欣慰地知道，自己其实真的可以很简单。

而这样的光亮，你应该骄傲，因为这是你带给自己的。

我就是喜欢这个庸俗的小世界

01

前几天，有个中文系的女孩在微博发私信给我，讲述她的困惑。

“我很喜欢读书，也很喜欢写作，但我一直有个坏习惯，就是对世界名著丝毫提不起兴趣，所以至今为止没有用心读过任何一本世界名著，反而我很喜欢《读者》《青年文摘》这样的大众杂志，而我身边的同学貌似个个都很厉害，仿佛哪本名著都看过，他们偶尔也会无心地嘲笑我，我该怎么办呢？”

其实我真心认为这不是个问题，是谁规定喜欢读书就必须要硬着头皮啃掉几本世界名著的，又有几个作者敢说在年轻的时候没有翻阅过大众流行杂志?

读书和写作都应该是发自内心的行为，既然发自内心，就不需要在乎别人的眼光，也不需要盲目攀比。喜欢读且能读懂名著的人在文学视野和行文逻辑方面或许很厉害，但不喜欢读名著的人未必就写不出好的文章。

总是有很多人喜欢把这个世界上的事物分为两种，一种是阳春白雪，一种是下里巴人，并且普遍认为喜欢阳春白雪就是优雅高尚有品位，喜欢下里巴人就是大众庸俗无内涵。

其实管它是阳春白雪还是下里巴人呢，只要自己喜欢就好。草木有本心，何求美人折。这个世界上最珍贵的就是自己的心意，哪怕这份心意是庸俗的。

02

表妹在读高中时，也跟我倾诉过类似的苦恼。

她们宿舍当时住着四个女孩，其中有两个是学古典音乐并且准备考中央音乐学院的艺术生。那时候小沈阳正凭借着在春晚上那一句“眼一闭一睁”而大红大紫，表妹非常喜欢他，下载了很多小沈阳的歌曲，走到哪儿听到哪儿。

于是两个张口“舒伯特”闭口“莫扎特”的艺术生开始嘲笑表妹了。这种嘲笑也不是特别严重、特别凶狠的那种，而是淡淡的轻蔑，貌似无心，却又着实夹杂着某种高高在上的意味。

“咦？今天你怎么吃蛋炒饭，为什么不吃苏格兰打卤面？”

“还上什么晚自习，小沈阳又出神曲了，快去下载吧，你的男神耶。”

“大家品位都蛮高的，就你很特别，哈哈！”

在宿舍里，两人经常你一言我一语地对表妹左右夹击，说她的品位太差、格调太低、行为太庸俗。

表妹原本是个脾气很好的女孩，最初也只当是个玩笑，但渐渐她的脸面上就有点挂不住了。毕竟是十几岁的花季少女，总被同龄人这么嘲笑，心里自然很郁闷。

所以整个宿舍的关系后来越来越微妙，以至于上了大学以后，同学间都很少再彼此联系。

青春期时大多数人都曾有过追星的经历，喜欢哪个明星原本也只是我们自己的事情。你喜欢莫扎特，我就可以喜欢小沈阳；你喜欢卓别林，我就可以喜欢岳云鹏。你总不能说因为你喜欢的明星影响力更大，所以你就比我更高级吧？

03

我在微博上给女孩回复说，其实我读世界名著的时候脑子也总是溜号，我也很喜欢翻阅大众杂志，因为我觉得杂志更有人情味。与不食人间烟火的事物相比，我更喜欢接地气的东西。

不知道女孩会不会认为我是在敷衍和安慰她，但我知道我说的话都是发自肺腑的。

因为喜欢接地气的东西，从小到大我遭遇过很多嘲笑，善意的恶意的都有，如果细数起来，也称得上是一把辛酸泪。

我喜欢粉色，就会有喜欢黑白灰的人来嘲笑我，因为他们觉得黑白灰才是这个世界上最优雅、最永恒、最高贵的颜色。但我不顾那些，除了床单、被罩，连鼠标都换成了粉色的。

我喜欢吃路边摊，就会有动辄出入高档餐厅的人对我嗤之以鼻，觉得我手中的羊肉串真是惨不忍睹。但我真的是穷人一个，西餐厅和寿司店的食物真心是贵而吃不饱，暂时还是炸鸡泡面和啤酒更适合我的脾胃。

我喜欢看周星驰的电影，就会有觉得我俗不可耐的朋友挺身而出教育我。他们最喜欢的是瑞典和意大利大师电影，珍藏的是《野草莓》和《八部半》，晦涩难懂的意识流。但忧伤的日子里再震撼的高级意识流也无法拯救我，只有星爷的电影可以让我捧腹大笑忘却烦恼。

这个世界上总是有很多东西不名贵、不高级，但偏偏最对你的心。这就跟爱情一样，有时是毫无道理，却往往令人发自肺腑地开心快乐，莫名地迷恋。

04

如果说这个世界一定要有高雅和庸俗之分，那么我承认，我就是这样一个庸俗的人呀。

我喜欢大众的东西，但凡哪部电影在影院热映，即便人群再拥挤，我也会买票去看；但凡哪首歌一夕之间红遍了大街小巷，我肯定会很快学会，以便在KTV能跟着伴奏唱上几句；但凡哪个明星像宋仲基这般颜值高到爆而撩妹技术又高，我肯定会不惜花钱买个网站会员来追剧，并心心念念喜欢着他。当然，如果以后有更令人心动的男神出现，我也会迅速忘掉他。

这种追寻世间烟火气的感觉让我如此欢喜、如此踏实，充满厚重的安全感，所以呀，哪怕你说我庸俗我也不怕。套用紫霞仙子的名言，如果做人不能按照自己的心意，就算让我做玉皇大帝我也不开心哪。

对于高雅而美好的事物，我是“高山仰止，景行行止，虽不能至，心向往之”，但对于大众而流行的事物，我是抱着触手可得的欢喜而沉浸其中的，而且，我并不觉得这有什么不妥，当然也肯定不会自卑。

因为事物虽有阳春白雪和下里巴人之分，但愿意接近这个世界并享受每分每秒生命欢喜的心情，是没有任何差异的。

轻信他人，才是世上最沉重的负能量

01

隔壁刘阿姨最近精神状态不佳，走路常常心不在焉，遇到有人主动跟她打招呼，她也是恹恹的懒得开口。

在我印象里，刘阿姨是个喜欢每天开开心心邀朋唤友去跳广场舞的活跃分子，忽然变成如此模样，想必最近是遇到了不小的打击。

偶然在等电梯时遇到刘阿姨的儿媳妇，我才知道原来老太太是被某个资金公益机构骗了两万块钱，一时想不开才有些抑郁。

但对刘阿姨来说，被骗走两万块钱事小，真正让她受到打击的，是她那么信任对方却遭遇了无情的欺骗。

对方的业务员是个跟她年岁相当的老太太，热情洋溢、能言善辩，两人一见如故唠尽家常，并且每天相约一起去跳广场舞，跳着跳着，刘阿姨的钱就跳到对方的口袋里了。

钱被骗走的第二天，刘阿姨傻呵呵地在广场从日暮西山跳到夜深如水，也没有等到那个人的出现，她不知道对方住在哪里，打手机提示对方已关机。此时已经是黄鹤一去不复返了，但刘阿姨仍然觉得对方只是失约，不是失信，甚至还担心对方是不是发生了什么意外。

这个世界上有多少欺骗就有多少自欺，每个人潜意识里都不愿相信自己是受骗者，因此会不断地为骗子找着各种借口，直到深陷绝地才肯承认残酷的现实。

半个月后刘阿姨终于不再幻想，开始悔恨伤心，恨的是自己竟没有看穿那慈眉善目背后是吃人不吐骨头的狼，伤心的是自己竟然如此轻信他人，以至于这打击如此猝不及防、触动心肠。

骗子之所以能够骗人，正是因为有副人畜无害的真诚模样和让人无可抵挡的花言巧语，假若没有这样完美的伪装，岂不是一眼就会被看穿？而骗子是不分年龄大小的，更与性别无关，所以对任何人，都不能轻信。

02

读大学时曾听好朋友提起过，与她同一个宿舍的小乐在网上认识了一个男生，两人迅速坠入爱河，相约去他所在的城市见面。

她们全宿舍的人都竭尽全力地阻止小乐的冒险之旅，觉得虚拟世界的爱情不靠谱，如果真的怕错过缘分想见面，也一定要把他约过来，而不是只身前去赴他的约。

但被爱情冲昏了头脑的小乐坚信她的良人是个顶天立地的好男人，值得自己跋山涉水去追寻，所以最后还是不顾众人反对踏上了火车。

两人相遇之后发生了什么事情，大家不得而知，但是小乐自从回来之后，便恶狠狠烧了所有与他相关的东西，绝口不再提这段爱情。她常常盯着一个地方发呆，时而流眼泪，时而绝望地笑，晚上仍把眼睛睁得大大的，眼神空洞而无神。

众人慌了手脚，通知小乐的父母前来。父母带着她跑了好多医院，看了好多心理医生，到了最后无可奈何，身为教师的父母连街头算命的大仙都请来了给她驱邪，但她始终闭口不言，精神状况愈来愈差。

小乐休学了，因为她变得有些自闭和自卑，有些怕见陌生人。谁也不知道一个如花少女在这次本应美好的爱情之约中到底遭遇了怎样的打击，因为她的沉默，这个世界多了一桩无头公案，也多了一个忧伤的家庭。

后来隐约听说，小乐经过两年多的治疗和心理疏导，精神状态好多了，就是偶尔会有些偏激和较真，脾气有些大。我觉得她还是幸运的，至少她还有机会走出阴霾的日子，重新迎接有阳光的生活。

而这个世界上有多少天真可爱的女孩因为轻信一场爱情被骗财骗色最终丢了性命，这样的悲剧我们听的见的还少吗？

女孩子，不管你是多么心动，如此这般狂热地爱上一个人，首先学会的也是要保护自己啊。

03

有三种人是最容易被骗子盯上的，即老人、女性和孩子，这三类人无论从体力还是心理方面，都属于弱势群体，因此需要得到社会更多的关注和保护。

前几天看《欢乐喜剧人》第二季总决赛，被开心麻花有诚意的表演感动了，所以顺便又重温了第一季的精彩节目。而在第一季的所有节目里，我觉得最有意义的就是开心麻花上演的“儿童防拐教育”那一期。

孩子是所有弱势群体中体力和智力最不健全的，因此也是最容易被坏人锁定的目标。前天在世园会试运营现场看见了一个饱经沧桑的父亲拿着照片在寻找几年前丢失的孩子，他神色憔悴、眼神忧伤，面对众人的围观却意志坚定。

这位老乡的儿子是2012年在家门口被一辆黑车上的陌生男人骗走的，这场悲剧发生后，整个家庭几乎被毁掉了，他作为家里的顶梁柱不得不咬紧牙关强打精神奔走在各个城市去寻找自己的儿子，但至今仍未找到。

当天晚上我的朋友圈被这位老乡刷屏了，评论下方是各种祝愿和各种“人贩子应该被极刑处死”等言论。拐卖孩子的人贩子是否能被抓住，抓住之后是否会被处以极刑，作为平民百姓的我们大多数情况下都无法左右。

但我们可以呼吁全社会都重视对孩子的防拐教育，减少悲剧的发生，而防拐教育的第一条，就是不要轻信他人。他人，包括陌生人和熟人。

流传最广的防拐儿歌，讲的只是对陌生人的防范，“陌生人，给零食，莫伸手，不贪吃；陌生人，来搭茬，不说话，转身走；陌生人，给饮料，不要喝，怕下药；陌生人，抱你走，抓住栏杆不松手。”

但其实对熟人的防范也不能忽视。在偏远地区，很多孩子都是被熟人拐卖的，在针对女童的性侵案中，作案的也大多不是陌生人。我们的思维定式往往是陌生人最可怕，熟悉的人不会害我，因此身边人更容易得到我们的信任，因此也更容易伤害我们。

04

我知道很多人会反驳我，世界上还是好人多，与人相处要真诚以待，为何要彼此防范呢？

这个世界上好人到底多不多，或者好人比坏人到底多几个百分点，是没有什么数据可查的，所以我相信“世上好人多”是我们的美好愿望。或许事实是，这个世界上真正的好人不多，真正的坏人也不多，多的是不好不坏的普通人。

但好与坏，善与恶，不过是一念之间的事情，我们这一生所接触的人，真正能做到互相深信不疑的大概也屈指可数，大多数的人都只是我们的熟人，而不是信任的人。

信任是需要度的，信任度不足会影响人际关系，信任过度会招致伤害。那适宜的信任是什么呢？我觉得是我们共处一座独木桥，夜色深沉，月光朗朗，你与我始终三米之遥，你伤害不到我，我也伤害不到你，偶尔回头，我们都能安心微笑。

我们并没有生长在一个可以肆无忌惮倾心信任他人的桃花源时代，也没有一个足够健全的社会机制保障我们父母姐妹孩子的健康安全，当我们在某一天很不幸地受到了伤害去努力发声维权的时候，你会发现那条路是漫长而充满了折磨感、无力感的。

切莫轻信所有，也勿怀疑一切。我相信桃花源时代最终会来临，但绝对不是今天。我们可以不断地去呼吁去发声，努力让世界变得没有欺骗与伤害，但在这桃花源梦实现之前，我们首先要学会保护自己。

刘阿姨偶遇老太太，小乐网恋男朋友，他们都称得上是一见如故、一聊倾心，彼此再熟悉不过了，却应了那句话：开局美好而结局潦倒。岂止是潦倒呢，简直是一地鸡毛、满目荒芜，差点就演变成人间悲剧。

而我那位老乡遭遇的丢子之痛，就真真是一场不折不扣的悲剧了。我希望这悲剧的开场最终有个欢喜的结局，希望孩子明天就可以回来，但我更希望身边的每一个人都能对明天多一份谨慎，对人少几分轻信。

因为轻信他人，才是这世界上最沉重的负能量。

所谓最优雅，其实是最寻常

01

女孩子无论美或不美，在小时候都会有一个熠熠生辉的粉红色公主梦。

蔚蓝的星空下，白色尖顶的宫殿内，洁净美好的公主身披彩衣、眉目如画，吃的是佳肴，饮的是美酒，睡的是金丝暖帐，围绕在裙边的是风度翩翩的白马王子。她们永远露着温柔而神秘的微笑，仿佛那是宿命的寓言。她们用纤纤手指随意一挥便繁花点点、丝幔翻飞，一举一动之间，无不风情，莫不优雅，虽不经意，却难掩出尘的高贵。

然而情动以后，曾经流年，最终只有少数女孩能真的变成优雅高贵的公主，而大多数就只能永远做个吸尽凡间烟火气的灰姑娘。

我自认从小就是个灰姑娘，而且是个没有南瓜车、水晶鞋也无缘得遇王子的灰姑娘，但我在内心也仍然秘密地做着公主梦。

小时候家境不好，没有漂亮衣服穿，我便偷偷地拿了妈妈一条彩色丝巾，精心做成花朵的造型扎在头上当成花冠，或披在肩上当成锦绣披风，或者围在腰间当成美丽的蓬蓬裙。

虽然没有观众，也无人为我惊叹，但小小的我在梦中都会为这隐藏的美好而欢喜，常常会从梦中笑醒，觉得自己也可以变得优雅迷人。

那时候的我认为优雅就是女孩发间随风飘舞的丝带，是女孩身上五彩斑斓的花裙，是女孩脚底跳跃的白色小皮靴。但这优雅是她们的，唯有梦是我的。

02

长大以后，渐渐不再懵懂，对于优雅也有了自己的认知。比如初次遇见美美时，我就觉得她很优雅。

美美是我的同事。新员工培训期间部门主管让大家轮流做自我介绍，轮到美美时，只见身材苗条、面容姣好的她落落大方地走到前台，声情并茂又不乏幽默地介绍着自己丰富的经历，比如她独自游历过多个国家，比如绘画拿过国际大奖，比如喜欢去咖啡厅看书喝咖啡，等等。

说实话，我是个没什么见识的女孩，没出过国，也没拿过什么奖，所以在一瞬间便觉得美美就是我心目中最优雅的那个女神，觉得她举手投足间都有着无尽的魅力。

然而一个偶然的机会，我跟一个相熟的同事去她宿舍取东西，推门首先映入眼帘的便是一张乱糟糟的床铺，被子随意凌乱地斜卷着，白色床单上堆着一片狼藉的化妆品、啃了一半的苹果和几件内衣，一卷卫生纸孤零零地躺在床下，像白无常一般漠然地吐着白舌头。

我顿时惊讶："这是谁的床，这么乱？"

同事见怪不怪："美美的。"

"不可能！"我条件反射般地拒绝接受，美美是我心中的女神，永远是光鲜亮丽、一尘不染的模样，优雅得如同画中人，她的宿舍即便不能跟杨丽萍家后院相比，怎么也得跟林妹妹的闺阁有一拼吧。

"呵呵，今天这算干净的。"同事边笑边捡起床下的卫生纸，满脸的无可奈何。

我依然很喜欢美美，因为她善良、有阅历、有学识，但从那一刻起，我觉得她还不够优雅。

一个人的优雅不应该只停留在表面与人前，真正的优雅是发自内心地热爱生活，然后用精致来装点丰富的人生。若只是人前优雅而独处时糟乱，那么无论是什么样的女神或者男神，都是要打上折扣的。

03

在餐厅或者咖啡屋里经常会有这样的一些女孩，她们妆容精致、衣着光鲜，但是喜欢跷着大长腿晃来晃去，聊得高兴便吵吵嚷嚷、随心所欲，三五成群便能把房顶震下来，吃饭后鸡骨头吐得满桌子都是或者咖啡流满桌。这样的女孩不仅不够优雅，而且有些令人反感。

而有些女孩子优雅的方式又很另类。去年北方经历怪兽级严寒的时候，报纸上曾经报道过哈尔滨零下三四十度的街头惊现穿着丝袜的美丽女生，我当时以为她们是模特或者行为艺术者，但细看才知道，她们就是普通的爱美的姑娘。为了追求那份优雅而透支自己美好的身体，真是让人既心疼又心惊。

回想起来，其实从小到大我身边一直有位非常优雅的女士，那就是我的外婆，虽然她现在已经去世了，但她身上诸多优良的习惯我仍记忆犹新。

比如她很注重养生，也很洁净。每天早起都会喝杯温水，从不用冷水洗脚洗头；习惯用自制的皂角球认真清洗脖颈、耳朵和脸颊；光滑的头发用黑色卡子固定在耳后；指甲修剪得整整齐齐；家里收拾得一尘不染；出门之前一定要穿上朴素却整洁的衣服。

比如她很有情趣。喜欢采集野菜、槐花、榆钱等做出花样繁多的饭菜；喜欢养小动物，惦记着猫咪的一日三餐；喜欢听评剧，夜里常伴着咿咿呀呀进入睡眠；喜欢用麦秸秆制作手工蒲扇，也喜欢用废旧烟盒做成置物筐，家里用不完，便善意地送给街坊邻居。

再比如她很有规矩。常教育我要坐有坐样站有站样，不能跷二郎腿，不能左摇右晃；吃饭时要细嚼慢咽，筷子不能拿得太远，也不能插到碗中央，更不能随便吃别人家的食物；与人交往不能撒谎，不能虚情假意，更不能颠倒是非。她常说，做人最基本的道理都是最寻常、最简单的常识，女孩要有个女孩的样子。

外婆是20世纪20年代的人，她的理念自然不能与现在的认知完全相同。但她那句常说的话真的很有哲理，**做人最基本的道理都是藏在那些最寻常、最基本的道理之中的，而那也是我们所追寻的真正的优雅。**

04

有很多人觉得如果想得到优雅的生活，首先要变成一个有钱人，其实这种想法有失偏颇。是否优雅与贫富没有本质上的关系，真正的优雅，只与你是否养成了好的教养与习惯有关。至少在我眼里，见多识广、生活富足的美美未必比身为农妇的外婆优雅。

我们之中的大多数人都很少有机会去接触那些看似锦绣繁华高大上的东西，但只要我们把那些读幼儿园时老师曾教过我们的最普通的道理读懂了、理解了，其实就完全能够知道该如何优雅地生活了。

吃饭要细嚼慢咽、杜绝浪费，穿衣要穿保暖而干净的衣服，床铺一定要及时打扫，被子要叠得整整齐齐，走路要挺胸抬头、礼让路人，与小朋友在一起要互相谦让，好的东西要学会彼此分享，还有就是好好读书，孝敬父母。这些都是在幼儿园学过的。

你出身名门贵族，读了满屋子的文学名著，游历了世界的每个角落，国内外的学历证书拿到手软，出入均是高档场所，就一定是个优雅的人吗？如果你有且仅有这些，我觉得你只是过着优越的生活，却不是优雅的生活。

相反，你家境不好、学历不高，未曾走出过国门，拿过最大的奖项是幼儿园讲故事小能手比赛三等奖，租着房子，最爱路边摊，你就一定是个不优雅的人吗？如果你做到了最基本的幼儿行为准则，我觉得此时此刻，你就是那个真正优雅的人。

当然，如果我们既能生活得优越，也能生活得优雅，就更加锦上添花了。

所谓的最优雅，其实就是渗透在吃穿住行和与人交往中的那些闪光发亮的美德，而这些美德也正是世间最寻常的教养。

你或许以为做到最寻常很容易，但其实这很难。至少扪心自问，我偶尔也会追求虚假的优雅形式，屋子乱糟糟却会光鲜地出门，去餐厅吃不完的饭菜不好意思打包，忍不住为了蝇头小利与人斤斤计较，对陌生人笑脸相迎却对父母毫无耐心。

那些最寻常的道理，我内心明了，却仍未能全部做到，所以我至今仍是个不够优雅的人。但我希望在通往真正优雅的路上，你已走在我的前方，或者你早已到达终点。

你对自己那么狠，是跟自己有仇吗

前几天在微博上收到朋友米小姐发来的私信：“你怎么能够对自己如此好呢？”

我满心诧异，赶忙问她何出此言。

她说：“你总习惯纵容自己，随心所欲，想吃就吃、想睡就睡、想哭就哭、想笑就笑，工作动不动就请假，不想上班了干脆就辞职，你对自己也太好了。”

天哪，在她的形容里，我看到的是一头好吃懒做的猪和一个似乎得了癫狂症的疯子，唯独没看到真实的自己。

我真的对自己太好了吗？未必。但米小姐对自己太狠太严苛，却是真真切切存在的事实。

01

再励志的鸡汤，也拯救不了她的胃出血。

我不知道大家身边是否都存在着这样一位朋友，她勤劳勇敢、朴实善良，心直口快、头脑单纯，她的做法有时你非常不能认同，觉得她是死心眼认死理，但是又会不由自主地靠近她、心疼她，把她当作真心的朋友。

米小姐在我的生活中就是这样独特的存在。

而说起她对自己的狠，恐怕朋友圈中十有八九会自叹不如，但她的狠貌似也不是与生俱来的，而是从大学毕业与男友分手之后进入一家出版公司开始的。

没经验、没背景、没人脉的菜鸟无论进入什么样的职场都是需要从底层做起的，米小姐也不例外。刚进公司时她每晚都加班到夜里十点，匆忙回住所洗漱休息之后，凌晨五点又要挣扎着爬起来去赶最早的那趟公交车。为了提高工作能力，所有的假期她都放弃了，恨不得住在公司。终于在一年之后，时光给了米小姐丰厚的回报，她升职加薪了，还有，她胃出血了。

医院里的米小姐面色苍白、浑身无力，虚弱得连稀粥都喝不进去，但她居然仅仅住院两天便急匆匆出院坚持上班去了。更可笑的是，她所在的公司领导还给所有员工发邮件表扬了她这种带病工作、可歌可泣的拼命三娘精神。

你以为生活艰难不堪才需要她如此拼命奔跑？其实米小姐的经济实力相当不错。那难道是她平日里毒鸡汤喝多了？可鸡汤再多，终究治不了她的胃出血。如果一个人连身体都垮了、命都没有了，你辛苦努力所求得的一切，也只能沦为别人茶余饭后的笑谈罢了。

“你看，那个傻瓜为了挣钱把命丢了。”世人只会如此揶揄嘲笑你。即便你真心不只是为了钱，大家也会如此恶意揣测。

02

何必悬梁刺股，只需闻鸡起舞，前提是你找对了钥匙。

小时候我一直认为自己比同龄人聪明，所以读书时喜欢凭借自己的小聪明，而不是有多么努力。可是妈妈不乐意了，她觉得小聪明都是投机取巧，生怕我误入歧途，整日里拿“头悬梁锥刺股”来警示我。

我偷偷查阅了“头悬梁锥刺股”的典故，当即吓出一身冷汗。因为当时电视里热播《还珠格格》，刚好演到容嬷嬷在坤宁宫的暗房里露着狰狞的面孔拿着一根根长针对着娇弱的紫薇一顿狂扎，我暗暗对比了一下锥子和针的粗细，突然有种不寒而栗、如芒在背的感觉。

虽然那时候头脑中还没有“自虐”这样的字眼，但我仍然觉得苏秦是个自虐狂，而那个孙敬也不太正常。虽然读书需要下苦功，但困了累了难道不是很自然的生理反应吗？为什么偏要违背天道人道，拿条绳子绑住头发与房梁呢？难道读书读得好，靠的就是不睡觉？

请原谅我熬不住，我在夜里往往学习到十点就已经是极限了，再继续看书就有点演戏的成分了，因为虽然台灯仍然开着，身影也做读书姿态，但其实我的眼睛已经紧紧闭上了。

终于有一天我的这个秘密被妈妈发现了，她对我大发雷霆，逼我早晨早起一个小时来弥补那段缺失的读书时间。她总是急赤白脸地跟我说：“你看看隔壁家的月月，多努力啊，夜里十二点还做奥数呢，怪不得人家每次考试名次都排在你前面！”

但我不争气啊，偏偏做不了那个早起晚睡的乖小孩，因为相对于晚睡，早起更是我的死穴。唯一的那次，是在初二那年的冬天。因为前晚被妈妈训得灰头土脸，我委屈得一宿没睡，挣扎着在凌晨五点半起床，踏着星光出了家门。

北方的冬天冷风刺骨，暗淡的星光下道路两旁的农舍投下鬼魅般的阴影，风吹过人家院落里秋收而来的玉米秸，发出窸窸窣窣的声响。一路上我戴着帽子缩着脖子尽量沿着农舍的墙檐走，因为这样可以避风，而且可以自欺欺人地安慰自己即便有坏人，他也发现不了我。就这样，我哆哆嗦嗦地走出一里路，前方就是学校，可突然一条狗从黑黢黢的玉米秸堆里猛蹿出来，一声声狂吠撕裂沉静的冬天，我吓得哇一嗓子号哭了出来，扭头便往家里跑，跑得两条腿都抽了筋。然后，高烧七天未退。

妈妈最终心疼我不再逼我了，但我也由此落下了病根，夜里总是梦见有猛兽要吃我，我吓破了胆，却无论如何迈不开腿。这样的梦，在十几年后的今天，也偶尔会上演。

虽然我不能晚睡亦不能早起，不能在时间长度上战胜别人，但我最终学会了抛弃投机取巧的小聪明，开始用心地利用课上课下的每一分钟，踏踏实实地读书、认认真真地钻研，不浪费该珍惜的，也不占用该拥有的。最终我也顺利读完了大学，而且身心极为健康。

其实如果你能用心对待每一件事，又何必悬梁刺股呢，闻鸡起舞就足矣，但前提是你要用心寻找到属于你的那把成功的钥匙。

03

你对自己那么狠，是藏了几世的仇和怨?

在生活中，我是属于随意随和的人，凡事喜欢用心而不是用力，所以米小姐口中的“任性妄为”的标签，我并不认同。

我曾经有过一段艰苦贫困的时光，口袋里的钱只够每天吃两顿饭，时而饥肠辘辘，时而撑肠拄腹，然后身材也变得臃肿。如果你奇怪我如何在贫穷的时候仍能变臃肿，那么你肯定是没有挨过饿受过穷。因为饿得太凶，见到食物会狼吞虎咽，久而久之，不规律的饮食习性会改变你的健康与身材。

虽然后来生活条件改善了，但“一朝被蛇咬，十年怕井绳”，我再不敢胡乱饮食来破坏自己的身体和身材，在吃饭方面比较精心。至于想睡就睡，我觉得这是人类的天性。从原始社会开始，我们的生活就有个主题，即生存和繁衍。那么生存就是要吃饭睡觉啊，不吃饭不睡觉，岂不是反人类？

想哭就哭、想笑就笑，这就是我的性格。生活够苦的了，难道自己还要压抑自己？只要不是在公众场合失态，在自己的小天地里无论怎么折腾都应该是被允许的。阮籍猖狂，是为名士，我爱哭爱笑，就是妄为？

我的工作状态也不是像米小姐所说那般。因为我长期写作，脊椎压迫了神经，需要时常去医馆按摩，所以常请假，而当我意识到自己的安排与工作有了冲突，我便决定结束这种矛盾纠结，以便去开始新的生活，这是我经过深思熟虑的，不是任性妄为，更不是一时冲动。

而即便是任性妄为，又能怎样呢？我喜欢把自己当成一个陌生人来对待，因为只有这样，我才能学会对自己宽容理解和体贴，我才能学会对自己好一些。细数我们身边有多少人是习惯于对别人太好，而对自己太差呢？而你对自己那么狠，到底是藏了几辈子的仇和怨呢？

04

为人、处世、读书、工作，用心比用力更重要。

米小姐是个对工作很执着的人，我很喜欢她，但有时我真的希望她不要如此用力，因为用力过猛，往往自伤其身。

当然每个人都有自己的价值观与苦衷，但作为好朋友，关心她飞得高不高的同时，我更关心她飞得累不累。她可以疯狂到将点滴瓶挂到办公室继续上班，也可以疯狂到产后第三天就到公司做文案，我做不到，而且原谅我真的不能赞同。

有时候我觉得网络与报纸上的伪成功学和毒鸡汤太多了，以至于会让我们在瞬间心潮澎湃迷失自己，认为也该像那些所谓的主角一般散发着主角光环去拼命，去熬到油尽灯枯。可用力过猛，有时比荒度光阴还可怕。谁也不敢说自己这辈子不曾浪费过时光，但至少你仍有醒悟的机会，可用力过猛，有时付出的代价是用金钱和时光都不能挽回的。

其实何须如此用力呢。你点灯熬夜、两眼通红，却不如上课聚精会神来得有效；你费劲巴拉地讨好迎合一个人，却不如真心地聊一次酣畅淋漓；你忙忙碌碌马不停蹄永远在路上，却不如静下心想想自己最需要最该珍惜的是什么。世间的道理都是相通的，用心有时比用力更重要，为人、处世、读书、工作皆是如此。

而这个道理，我已明了，可不知正在路上疲于奔波、频频对自己发狠的你，是否能够感同身受。

与逆袭相比，失意时不变形才最励志

01

相信大多数人都与我一样，曾经在书里或者朋友圈热文里读到过很多关于绝地反击、困境逆袭的人生励志文字。

比如人老珠黄红颜消残的中年女子遭遇老公出轨小三挖墙脚，于是忍辱负重、不动声色地暗自策划了一场自我成长的人生大戏，只待有朝一日脱下围裙惊艳出场，亮瞎负心汉的狗眼，然后衣袂翩跹面露微笑着拍下一纸离婚协议书绝尘而去。

比如办公室小白屡遭同事孤立、领导欺压，于是触电一般唤醒了身体内所有的奋斗细胞，不分白天黑夜地学习充电苦练内功，终于在某一天以不可复制的成功姿态令曾经对他不屑一顾的领导刮目相看，并逆袭成为新一代青年完美标杆。

再比如一百八十斤的胖女孩做了多年备胎之后终于被男神偶

尔翻了牌子，却仍敌不过女神无意间的回眸一笑，于是她决意置之死地而后生，对自己痛下杀手百般折腾，终于在某一日华丽转身扭着杨柳小蛮腰袅袅归来，在男神惊愕错乱的表情里，轻启朱唇丢下一句：“对不起，我已经不再爱你了。”

这些故事听起来励志又激烈，令失意者能够瞬间自动完成角色代入，仿佛自己也不知不觉地生长出了主角光环，仿佛随着明天一起到来的是奔涌不息的激情和磅礴旺盛的希望，那些小三啊、渣男啊、办公室的阴谋诡计啊、男神的有眼无珠啊、女神的装模作样啊都不再是问题。

可是第二天，当你睁开眼的那一刻，你会发现原来生活仍是那么糟糕，银行卡上的数字并没有增长，婚姻依旧危机重重，办公室的气氛还是那样诡异，你爱的人，无论如何，就是不爱你。

不管你前一晚多么激情澎湃、斗志昂扬，当太阳再次升起，一切恢复原样，你依旧变不成那个光芒四射的超人。

02

这个世界上有一种定律叫帕列托法则，俗称二八定律。此种定律曾经被广泛应用在职场、成功学等各个领域，而我相信，在生活这个大道场上，二八定律会永远存在。就比如，你读遍了世间那百分之二十的勇士们成功逆袭的所有故事，但你却仍有百分之八十的概率在过着百分之八十的灰头土脸的糟心生活。

事实很残酷，因为或许你一辈子都不可能逆袭，因为你不属于那百分之二十。也许，很多时候我们必须承认自己的普通，承认自己的平凡，承认自己的人生十有八九不如意。

故事永远只是故事，主角光环大多是意淫出来的，因为在我们的世界里自己就是主角，但我们身上只有在一地鸡毛里挣扎出的汗臭味，却不曾有过光环。那些真真假假的心灵鸡汤，能暖你一夜的心，却暖不了此生际遇。

所以，我从不轻易相信逆袭，也不认为自己真的有那种翻天覆地的能力。当遭遇爱情坎坷、职场不顺、婚姻触礁时，我宁愿相信自己能给予自己最大的保护就是保持自我不变形，尽量克制自己的情绪，即便在命运最低谷时，也不要选择破罐子破摔，最后失去了自己。

人们都说生命中最大的美德不过是得意时不忘形，失意时不变形，而这二者中又以得意不忘形最为难能可贵。但我有不同的看法，我觉得于**大多数人而言，失意不变形才最为不易，因为我们的生活向来充满寥落无奈的失意，却从来鲜少意气风发的得意。**

人的一生十有八九不如意，放眼望去，我们身边的人貌似都有苦衷。有的人疾病缠身无钱可医，有的人家庭残缺无枝可依，有的人工作多年收获无几，有的人情场坎坷婚姻不易。

但你曾细心观察过大家都是如何面对生活的吗？正在经历烦恼苦痛的人们每天都是愁眉苦脸吗？答案是否定的。

你会看到，虽然艰难，虽然困苦，但大多数人都在以微笑来面对，这笑容是强装的也好，发自内心的也罢，每个人都是在尽力地做好自己，即便他们并没有通天之力去改变困境，但他们依旧善良，依旧愿意去体谅。

03

对于每一个普通人而言，保持失意不变形要比逆袭人生来得更加实在，更加靠谱，更加贴近人间烟火。

多年之前的一位同学，年少时辍学外出打工，好不容易攒了一些积蓄娶得佳人归，岂料新婚不过半月，新娘便携带数万元彩礼钱和满身首饰借故进城逛街而一去不复返，连其父母都消失得无影无踪。同学是憨厚老实的男子，外出寻觅数月，终是灰头土脸没有任何结果。

娶妻已然花费全家的所有积蓄，当地彩礼钱数额巨大，之后几年他都未能再次成家，而且茶余饭后，当地人把他当成一个笑话。年迈的父母脸面单薄，经不起流言一病不起，原本忠厚之家，在世事打击之下，风雨飘摇。

可生活还是要继续，经历再多的坎坷也要活下去。身处社会底层而忠厚朴实的人们自有一套简单的生活哲学。同学借钱买了辆二手面包车，开始在当地拉出租，每日往返在几十里山路上，尽心尽力地挣钱养家，客人不多时他便开车带着父母去山外散心，日子虽然平淡如水，但也渐渐变得有了欢笑。

他是最普通不过的农村小伙，文化水平不高、见识有限，在遭遇磨难时没有足够的能力去改变，也不懂得怎样才能华丽转身，他能做的最好的选择，就是继续善良、继续孝顺，继续挣钱养家、继续好好生活。

不是每个失意的人都能在困境里猛然间醍醐灌顶便有了对抗生活的洪荒之力，那样的传奇只存在于小说中、电影里，即便有成功逆袭的榜样，也只是属于那百分之二十。然而很可惜，我们都属于那百分之八十。

而对于身为平凡人的我们而言，有什么能比失意不变形更加珍贵、更加励志呢?

04

不要以为失意时保持自我很容易，在我们身边遭遇坎坷便一蹶不振、破罐子破摔的大有人在。

在同学遭遇骗婚新娘之后，当地也曾出现过相似的桥段，但不幸的是，同样的桥段却没有同样的结局，另外一个故事中的小伙被骗尽家财，不久便心生戾气，因为偷电缆而锒铛入狱，高墙外年迈的父母余生更加凄凉。

孔子在《论语·宪问》里有言，“贫而无怨难，富而无骄易”，抛开穷富的角度，我愿意引申为在人生艰难的时刻能够保持清醒和自我而不怨天尤人很困难，而在顺遂的时候不心生轻浮得意却很容易。毕竟当一个人的起点高了，事事如意顺遂，便更愿意去宽容，更容易做到豁达。

可如果你每天睁开眼便是各种心窄纠结、各种艰难苦恨，却还能够与人为善，微笑着对待生活中的一餐一饭、一花一木，该是有着多么朴实的心性和强大的克制力才能够达到的境界啊。

我们虽然只是普通人，却又都有着不普通的故事。而与那些不知真假的人生逆袭和华丽转身相比，我们的守拙和保持自我，才是最不凡最高级的励志。

总有一天，这个世界会因为我们的不变形而收获几分珍贵，而总有一天，我们也会骄傲地说，虽然并没有太多机会去尝试得意时自己到底会不会忘形，但至少失意时我们没有变形。

世界上破罐子破摔的人那么多，而你我偏偏没有，这是一件多么值得骄傲又多么励志的事情啊。

穷困潦倒的日子，读书最暖胃

01

“穷困潦倒的日子，读书最暖胃。”

当我写下这句话时，内心依旧有几许莫名的心酸和悲壮的得意，即便那段岁月已经是很久以前的时光，但因着脑海中那历久弥新的细节，这份情愫反而更加刻骨铭心。

大学刚毕业的时候，公务员热潮正盛，当时家里热切地希望我能参加公务员考试，以便拿个政府的铁饭碗。然而考公务员就意味着要回到乡镇，那并不是我真心所求，我想留在大城市。

但当时的我拗不过固执的父母，于是只能在考试时故意涂涂抹抹，答案写得乱七八糟。最后成绩出来，自然是不理想，父母的情绪很低落，我却很开心，觉得这下终于自由了。

于是，年轻无畏的我兜里揣着两百块钱，坐火车倒公交车又打了一个摩的，千辛万苦到了一个私立中学，开始了人生中的第一份工作——历史老师。

当时我所工作的地方是所贵族学校，学生家长大多是富豪或者高官，而老师在那里其实跟全职保姆差不多，因为老师们平日里不仅要备课上课，还要负责学生的饮食和住宿，非常辛苦。

不过我很满意这种条件，因为我可以在学校住宿，省掉一笔房租。但在这里也有不满意的地方，那就是每个周末学生放假，学校食堂便会关闭，我就会没有吃饭的地方。

记得有一个周末，窗外下着大雨，我被阻截在宿舍内，饥肠辘辘，百爪挠心。学校在郊区，方圆几里没有超市，更没有外卖，我孤身一人，不敢独自外出，也无人可求助，只能在宿舍里傻呆呆地望着窗外迷离的世界，茫然无措。

幸好还能读书，当时我随身携带的是几本电影方面的书籍，有电影史、编剧概述。我一直很喜欢电影，梦想是未来能成为一名优秀的编剧。于是夏末秋初，偌大的空荡荡的宿舍楼内，我饿着肚子盖着被子，在风雨的呼啸声中，忘我地翻阅着每一篇文字，从清晨到傍晚，任凭时光漫长，我却依然如痴如醉。

说来也是奇怪，当一个人饥肠辘辘的时刻，你越是在意，便越是难忍，而当读书以后，我便开始忘了那份腹中空空的钝痛，也不再心生迷茫无助的悲哀。

02

出于各种原因，一个月后我离开了学校，找了一份课程顾问的工作。但那份工作不适合我，一周后我便再次离职。按理说离职后的员工是要搬离职工宿舍的，但是因为我预付了一个月的住宿费，宿管阿姨不愿退钱，便允许我继续住在宿舍内，直到月底。

其实留宿与否，不会影响到任何人，因为宿舍里只住着我一个人。宿舍的环境很差，夏季多雨，房顶的白漆藏不住伤口，蜿蜒洇湿出一条条的缝隙，并窸窸窣窣地掉落许多细小的泥块和雨点到水泥板上，散发着一股浓重的腻子粉味道。

我还算幸运，几天后便又找到了一份新工作，据说新工作还会提供工作餐。但我同时又很窘困，因为入职是在一周后，而我身上当时只剩十块钱。

年轻人心中大概都有这样一个信念：自己选的路，跪着也要走完。因为自己执意留在大城市，所以并不愿伸手跟家里要钱，也不愿让别人知道自己的窘迫。

但用十块钱熬过一周的时间，如今想来仍觉不可思议，但那时年轻，即便穷困潦倒，也总能从悲伤的日子中信心满满地抬起头，并想出解决的办法来。

我每天睡到自然醒，有时自然醒了之后饿到不能起床，便读书熬到午后，用热水煮一袋方便面来充饥。但即便是方便面也不能敞开肚子来吃，因为我的钱只够每天吃一袋泡面，所以我每天也就只吃这一顿饭。

距离宿舍不远，有一家大型超市，因为地理位置不是特别理想，所以平日里人流不多。每天吃完午饭，我便溜达到超市的图书专区，找个僻静的甚少有人路过的拐角处，坐下来翻看那些印着离奇故事和优美文字的图书。

如今想来，自己真是幸运，如果当时图书专区的促销员稍微刻薄些，也许我早已被赶跑了，可是那时负责图书的是个年轻的女孩，戴着眼镜，很文静，大概她看出了我的窘迫和饥渴，不忍心出言苛责吧。她经过我时，很少看我，也不曾打扰我，所以我才能专心读书，借以忘掉饥饿。

03

在超市里，最初我会站着读书，站不住便靠在书架上，后来连靠着都难以坚持，便在僻静处直接坐下来。虽然我是女孩，也想保持淑女形象，但彼时彼刻连肚子都填不饱，便也不在意这些细枝末节了。

在那七天里，我读了十几本书，包括蔡骏的悬疑小说、汪曾祺的散文随笔和许多经典典籍的注解类书籍。每天我都是顶着午后骄阳进入超市，然后在夜里九点店铺打烊之前，站起身来揉揉酸麻的双腿，内心满足地走出超市。

有时候，走出超市的那一刻，望见车水马龙万家灯火，以及高悬于天空的明月，我会有种恍如隔世的感觉。但那时年轻，对生活的困苦其实并不觉得有多么难以接受，反而觉得那是一种必然的经历，是一种财富，所以即便饥肠辘辘、穷困潦倒，也并不十分在意。

其实，并不是每天都会觉得饥饿，因为到后来，我几乎已经习惯了每天只吃一袋泡面，我的肠胃知晓我的困境，因此做出了妥协，并不与我过多计较。而且，它们没有怀恨在心，即便后来我走出了潦倒，它们也并未秋后算账，一直待我十分友好。

前两天很难熬，之后便开始麻木。而到了第七天，我惊喜地发现，自己忽然变得很阔气了，因为那十块钱在我手里，经过了六天的时间，居然还剩四块钱。

那天夜里，我开心极了，想着再忍耐一个晚上，第二天便出去大吃一顿，平日里沿街商贩叫卖的肉夹馍、凉皮、羊肉串啊，对我都不是很友好，经常勾动我的馋虫，我发誓要打击报复。所以第七天，我兴高采烈地到一个戴着白帽子的老头面前，买了一个肉夹馍加鸡蛋，痛痛快快地吃了一顿。

但是吃完之后，心里犹觉不足，胃里是饱饱的，可是心里并不暖。左思右想，我得知症结所在，于是再次踏进超市，将自己隐藏在书架拐角处。而当我捧起一本书之后，才觉得安全感再次升腾起来，才觉得今生今世都将圆满。

04

也许精神上的饥饿比肠胃的空乏更令人无可奈何手足无措吧，对于我来说，填满肠胃的可以是清粥小菜，也可以是满汉全席，可是填满我内心的只能是书籍，只有读书，才能令我充满安全感。

古人说“书中自有千钟粟”，如今想来，此言甚得我心。在穷困潦倒的日子里，书籍是我吃过最好吃的白米饭，它晶莹剔透、光华无比，道是无香却有香，望一眼便令人神清气爽，吃一口便可让失意顿消，这世界上再也没有比读书更美好更暖胃的事情了。

在清代李汝珍的小说《镜花缘》里，提到海外有一种植物叫清肠稻，吃一粒，终年不饥。我想，于我而言，如果这世间真的有清肠稻，那便是书籍了吧。

我想，我是读书读傻了，或者潜意识里患了读书强迫症。因为即便如今我早已不再是当初那个穷困潦倒的我，可独处时，如果读书的兴致正旺，我依旧宁愿忍受饥饿，也要将书先读完再去满足自己的口腹之欲。

这个习惯很糟糕，不值得提倡，但我没有办法，我身中剧毒，饥渴难耐，内心仿佛被时光烙了一条沟壑，永远不知满足，永远无法填平。

因为，我痴恋着这生命中的白米饭，它暖着我的胃，暖着我的心，是我行走在这世界上唯一的也是最好的安全感。

爱情不将就，
也不要被将就

请原谅我 仍保留着爱的习惯

01

他忘不掉墙上的那朵梅花和心中的那串电话号码。

读大学时曾经有过一段离奇的遭遇。那是大二那年，某天我因感冒请假在宿舍休息，睡得昏昏沉沉之际忽闻桌上的电话响起，挣扎着爬起来去接电话，听筒那边是个陌生男人的声音。

“你好，我找一下×××。”他报了一个我没听说过的名字。

我回答：“不好意思，你可能打错了，我们这里没有这个人。”那个男人在电话里哦了一声，遂抱歉地匆忙挂断了。

我浑身酸软无力，正准备挣扎着爬回床上继续睡，这时，电话铃声又响了，仍然是他。他的声音在电话里听起来有几分令人心伤的寥落：“不好意思，请问这个号码是2047102吗？你们宿舍的门牌号是荷园520吗？”

荷园520，是我至今为止听过的最温暖的宿舍号，没错，我就住在这个宿舍。

心里有些吃惊和警惕，我的语气不自觉地就强硬起来："你是谁？你是怎么知道的？"

那个男人在电话里有些慌张，赶忙抱歉解释，然后匆忙间对我讲述了他自己的故事。

原来他是当地部队的一位年轻士官，他曾经的女朋友在毕业之前一直住在这间宿舍，算是我的师姐，他们原本打算今年结婚的，但女孩毕业后回到了家乡做教师，两地分隔，女方家庭也不同意，两个人最终无奈地分手了。

在相恋的几年里，他曾经无数次地拨通这个熟悉的号码，与女友甜蜜地聊着爱情与未来，可缘分捉摸不定，没想到等待他们的却是劳燕分飞。

他在电话那端用低沉悠远的声音任性地回忆着他口中的爱情，我却心有狐疑。毕竟有些情场高手泡妞的手段实在是太多了，作为女生，我不得不防。

他敏锐地感觉到了我的不信任，然后他说："门口左手边床铺旁的墙壁上刻画着一朵梅花，不信你去看看。我并没有说谎。"

我迅速爬过去仔细寻找，在墙壁上竟然真的有一朵痕迹细致的梅花，那么小小的一团，干净光洁，仿佛盛开的青春，若不留意，真的无法发觉。

他说，那是女友曾经为他刻的，因为他的名字里有个梅字。

02

他守着内心爱的痕迹，仿佛能与这些回忆度过孤独而漫长的余生。

梅士官是个非常痴情的男人，在与女友分手的一年里，他做过很多努力，不断地打电话发短信和写信，力求挽回女友的心，但不是每个女孩对爱情都会那么勇敢、那么义无反顾，现实阻隔的力量之大往往令人难以想象。偏偏部队的制度又相当严格，他不能总请假离开部队亲自去找她。一段感情大概就是这样在世俗的无奈翻滚中烟消云散的吧。

但他仍保留着爱情里的那些小习惯，习惯拨下那串熟悉的电话号码，习惯收集着她喜欢的明星画片，习惯在深夜里想起她的宿舍号是荷园520，以及墙壁上那朵盛开的光洁梅花。

习惯的力量是那么强大，即便爱情不在了，深爱的人离开了，你仍然会无意识地做着相爱时做过的那些事情，依旧守着内心的那些痕迹，仿佛你能与这些回忆度过孤独而漫长的余生。

我对坚守爱情的人往往有种独特的欣赏。后来，梅士官曾经来过一次学校，那时他们连队里一位年轻的士兵生病了，他开着车送士兵来学校附近的军医院做手术，正好彼此有时间，我便陪他在大学校园里走了一圈。

他说，相爱的时候，他与她每年见面的次数少得可怜，他也只来学校找过她一次。故地重游，望着曾经一起走过的公园和甬路，梅士官的眼泪在那一刻掉了下来。一个男人是该有多心疼多放不开，才会在回忆的时候如此流眼泪呢？原来在爱情里，有时男人的伤痛会比女人更深呢。

离开学校时，他送给我一个纸袋，里面全是她喜欢的明星画片。他说："送给你吧，拿回荷园520，把这些东西留在她曾经住过的地方，这样，我会觉得心安。"

我无法拒绝一个男人这般低到尘埃里的要求，同时也哭笑不得。他丢不掉心里爱情的感觉，固执地想用这种方式去祭奠去延续。可是我最喜欢的是纳兰容若般温文尔雅的钟汉良，真的不是留着偏分发型的郭富城啊。

03

你带走了爱情中的一切，却唯独把习惯留给了我。

与痴情的梅士官相比，我们大多数人都能够拿得起放得下，但是与心爱的人分手以后，又有谁不曾保留爱情中的一些小习惯呢？

有位女孩说，她最喜欢穿赭黄色T恤的男孩，因为她曾经爱的那个人，在夏天只穿这个颜色的衣服，分手后，只要在街上看到这样的男孩，她便会不由自主失心疯般尾随着追出几条街。

还有位女孩说，一个人走路的时候，她永远走在马路最靠边的安全地带，因为相爱时，男朋友每天都会嘱咐大大咧咧的她要注意安全，她不听话时他会强硬地大声呵斥，如今真的是一个人了，她反而更加听他的话了。

有位男孩说，进屋时他一定会换上拖鞋，并把自己的鞋子规规矩矩地摆放在鞋柜里，因为他的前女友是个蓝色处女座，他因她而养成了难得的好习惯，而且如果身边人进屋不换鞋或者随便扔掉鞋子，他会马上去纠正，大家都说分手后他变成了强迫症患者。

还有位男孩说，虽然自己是南方人，可吃粽子时他是蘸着白糖的，因为他心里深爱的人是个北方小妞，吃粽子必蘸糖。如今她已远渡重洋，定居在万里之外的地方，可从此后，白糖成了他的最爱与标配。

你带走了爱情，却把爱的习惯留给了我。这般残忍，这般无情，可我偏偏怪不了你，因为这一切明明与你无关。

有时你不得不承认，爱的习惯与印记已经深深刻在你的生活里，吃穿住行，没有什么能逃过爱的影子。甚至有时候，你尚且没有发觉自己深深地爱上某个人，可你的行为已经率先被改变了。

在风靡全亚洲的偶像剧《来自星星的你》中，千颂伊搬离都敏俊的家，习惯独来独往的都教授一个人吃饭偏偏就别扭起来，总会无意识想起她的话："吃鱼时不要翻，否则海上会翻船。"

他会无情地嘲笑她："这是什么谬论！"可是他自己吃鱼时，筷子却不由自主地听了她的话。哪怕海上不翻船，想必他也不会去翻盘中的那条鱼了。

遇到爱情，连活了不知多久的外星高智商教授都束手无策，你我这般凡夫俗子又能奈何呢？

04

你可明白，曾经相爱的习惯与温暖，是我流连世间的铠甲。

我有一些隐秘的习惯，如果身边的人不刻意不留心，不会发现有任何不妥。比如我喝饮料时，只愿意喝蜂蜜柚子茶。这是因为我曾经遇到过一个很是心灵相通的人，他在我最艰难的时刻鼓励我相信自己值得被爱，鼓励我去做真正的自己。那时候我们在寒冷的冬天一遍遍漫步在校园里，实在禁不住冻便会钻进附近的奶茶店喝上一杯热气腾腾的柚子茶。

虽然那个人如今早已远离了我的生活，我却是真心爱上了柚子茶那甜中有涩的味道，那不仅仅是味蕾的习惯，也是爱情的习惯。只要手心触碰到温暖的茶杯，口中是熟悉的甜酸，就仿佛即便人世间有再多再大的悲苦在等待着我，自己内心也充满了莫名的底气与力量。我想，这大概就是人们口中常说的爱的铠甲。

爱情千回百转，有些人在离别之后兜兜转转仍会重聚，彼此会更加珍惜，而有些人就不会那么幸运了，即便心里思念着，偶尔会有嗒嗒的马蹄临近，可那终究只能是个过客，不是你的归人。其实我们都会或多或少地保留着曾经爱的习惯，别人或许不知晓，但你一定会知道自己到底对曾经的爱情有多珍惜。

但是我们也都明白，保留着爱的习惯并不代表我们仍然深爱着那个人，我们只是舍不得自己曾经走过的路与流过的泪，还有那回不去的爱情与青春。

人生若只如初恋

如果说这个世界上有一个字眼，从口中说出来会瞬间在空气中弥漫开混合着仲夏麦芽般的香气和金色柠檬般的酸甜，听起来宛若泉水叮咚婉转似有一条清澈溪流从心间温柔流过，让你沉醉迷离，仿佛身处初秋氤氲雾色的古街，眼前铺展开青春岁月匆匆的长卷，那么这个美好的字眼一定是“初恋”。

人生旖旎漫长，初恋其实真的只是一件小事，是一段小得不能再小的片段，但就是这样的萤火微光，却会缭绕住你的眼耳鼻舌身意，让你一生想之念之怅惘之，悔之忆之迷恋之。

01

未曾开始却已结束，初恋是弱不经风的花朵。

我的初恋发生在青涩的十六岁，他是我隔壁班的同学，天生一副玩世不恭的模样，旷课抽烟喝酒，晚自习偷跑去操场打球，坏事样样都有他，但偏偏成绩还很好，每次年级的会考成绩都在我之上。

年少自负的我当然很不服气，在背后经常与小姐妹们诋毁他、谩骂他，说尽了他的坏话。所以当有一天一个好朋友挤眉弄眼地对我说“你天天骂他，关注他的一举一动，是不是喜欢他呀”，我的心猛然一沉，就仿佛礼花顷刻在心里爆炸，炸开了我懵懂而忧伤的青春。

十六岁的少女心是个特别奇妙的东西，当你知道了自己可能对某个人有好感的时候，便会更加留意他的身影，碰面时会不自觉地脸红，背后也不好意思再实施语言攻击，生怕被更多的人读懂你的心事。

可是作为一个骄傲而清高的小女生，虽然我明白了自己是喜欢他不是讨厌他这个事实，我也未曾想过去靠近他。然而，缘分兜兜转转，不知为何，他却主动靠近了我。

他很有趣，几乎他说的每一句话我都会发自内心地笑；他很聪明，再复杂的电路题、化学方程式，都能轻易地解出来；他很懂女孩的心思，因为他在某一天送了我一条项链做礼物。

很不好意思承认的是，那是第一次有男生送我礼物，虽然只值两三块钱，但于我来说，这礼物非常珍贵。甚至回家后我专门花十块钱买了一个精致的礼品盒，把项链锁起来藏在书柜最深处的角落，每晚拿出来看看，忐忑不安地生怕它不翼而飞出什么差错。

可好景不长，青涩的甜蜜还没开始多久，连牵手都还没来得及，这场懵懵懂懂的爱情就被我的班主任发现了，他对我旁敲侧击、百般警示，害怕伤心之余，我偏偏还发觉他不止喜欢我一个人，他对其他漂亮且成绩不错的女生也都很好，平日里嘻嘻哈哈，毫不顾及我的感受。

初懂爱情的小女孩是多么倔强呀，固执地认为爱情是唯一的，在你的世界里，我只能是only one，你的眼里只能有我一个人，其余女生再漂亮，在你心里都只能是蚊子血和白米粒。

愤怒之余，我与另外一个关系不错的男生在偶然的机会里牵了手，而且故意被他看见。关键是，他们两个还是铁哥们。

后来，就没有后来了。十六岁的少男少女，青春迷茫且自负不堪，各自倔强不服输，彼此开始冷眼相待，唯有在成绩上拼个你死我活。我们一起考取了重点高中，但三年都没有和好，最终去了不同的城市读大学，青春里再也没有相交的故事。一场初恋，还未来得及真正开始，便在赌气中默然结束了。

02

青春中的荒唐，是一场守株待兔的兵荒马乱。

我的初恋是一场糊里糊涂开始、莫名其妙结束的荒唐爱情，但谁的青春不荒唐呢？如果不曾经历过迷惘、气盛、误解、荒唐，谁敢说自己的青春是完整的？

有位好朋友说，他的整个中学时代都在暗恋一位女生，只因为一句令人脸红的戏言。那时学校开运动会，他负责为全班的运动员准备午餐，发放完毕之后，他的手里还剩几袋面包。她的课桌紧挨着他，他随口问道："吃饱了吗，再给你袋面包吧？"

腼腆的她回答说："吃饱了，你给了我那么多，肚子都被你搞大了。"此言一出，在场的男生女生立即哄堂大笑，那女孩也察觉到自己的言语不妥，羞得满脸通红，立即拔腿跑出教室，他在众人的起哄中心猿意马，望着她白衣飘飘的背影，一颗剧烈跳动的心仿佛随时会冲出胸膛。

他亦是个羞涩的男孩，直到读了大学才鼓起勇气写信向她表白，但她拒绝了。他不甘心，想出个荒唐的办法，以网友的名义在网上陪她聊天，给她写信，力求做她身旁最努力、最贴心的备胎，希望有朝一日她能被自己的诚意感动。

可是他的初恋注定是一场没有结果的暗恋而已。她是个优秀的女生，身边不乏高大帅气且多金的追求者，而他是最不起眼的一个，所以当她有了男朋友的消息传来时，他拎着酒瓶在大学校园里晃荡了整个晚上。

后来我问："觉得值得吗？"他忧伤地说："没有什么值不

值得。爱她是我的理想，我只是在坚持自我。”

他把爱她当成了自己的一种使命，而这样的生死劫，注定只能用他更多的时光来解。因为有时不是你足够优秀足够努力，那个人就会爱上你。

身边还有位漂亮的女孩子，她的初恋高大帅气有才华，但偏偏很是花心。恋爱时，他很喜欢吃臭豆腐，她原是不吃的，但经不住他的各种利诱，慢慢地也开始喜欢那种味道。

可是一朝分手，她失去了对爱情的所有依赖与幻想，愁郁悲伤找不到出口。她开始疯狂地流连在大街小巷，拉着好姐妹吃遍了每条街的臭豆腐摊子。直到有一天，她把自己吃吐了，胃炎发作住进医院打了一天一夜的点滴，才心甘情愿地平静下来，无力地接受心痛的现实。

她说，在自己的世界里，初恋就是街上臭豆腐的味道。只是这一生她都不愿再吃了。

你看，谁的青春不曾荒唐过呢？不肯回头的暗恋也好，肆意妄为的自虐也罢，都是我们曾经或正在走着的弯路，但这些弯路，终究会教会我们如何成长。

03

人生若只如初恋，我们的心都生活在童话里。

经常会在网上看到一些故事，身为彼此初恋的男女主角从校服到婚纱，十几年相爱相守，令人热泪盈眶百般羡慕。写小说时，经常会有读者留言给我，问小说中的爱情会是怎样的结局，大家都希望有情人终成眷属，如果某天更新一些虐心的篇章，便会有读者伤心地向我抗议，其实我又何尝不期待童话里的完美呢?

可是现实中不是所有的初恋都有美好结局的。但也许正是因为如此，我们才更愿意看到更多有happy ending的故事。

我很喜欢看初恋题材的电影，《初恋这件小事》看了大概三遍，《我的少女时代》也是如此。可能是感同身受吧，自己当初也是个傻乎乎的女生，留着一头短发，戴着黑框眼镜，且皮肤黝黑，女生缘不错，男生大多愿意把我当成哥们。也许正是因为这样吧，当有人第一次送我爱的礼物，我才会那般喜出望外、忐忑不安。

更重要的是，《初恋这件小事》里，平凡的小水后来变成了校花，最终在多年之后她也等到了自己心里最爱的阿亮师兄;《我的少女时代》里林真心也变成内田有纪的样子，而且她最终也和漂洋过海的徐太宇重聚。

明明知道这只是电影，明明知道这只是自我安慰的桥段以此来满足少女玻璃心，但我们是如此希望看到完美结局的出现。而这恰恰是因为我们自己的初恋多是无疾而终的一场兵荒马乱。

很多美好的事物，即便时间流逝几十年，回头看，那美好会依然美好，而曾经不那么愉快的回忆其实也会随着时光慢慢变成月白色的锦缎，至少看起来不再那么悲伤。

人生若只如初恋，可是即便我们最终没有能够和当初最想同甘共苦浪迹天涯的那个人在一起，又能怎样呢，我们还是会过得很好。我们仍然会在心底默默祈祷，期望在我们知道的和不知道的角落，那个人能够幸福安定地过完他岁月静好的一生。

爱情不将就，也不要被将就

01

席慕蓉说：“如何让你遇见我，在我最美丽的时刻。为这，我已在佛前求了五百年。”

也许是前生诚心感动了佛祖，也许是今世情缘命中注定，她遇见他的时候是二十岁，恰恰就是人生最美丽的时刻。

他们相识于网络，两颗年轻寂寞的心隔着屏幕在深夜各自惆怅，“不惜歌者苦，但伤知音稀”，可孰料，本意是一场充满猎艳意味的对话，三言两语间却偏偏生出了几分庄重与爱慕。

爱情有时是漫长的蛰伏，历尽寒冬沉默不语，而有时却是一瞬间的萌生，阳光、雨露、土壤都是陪衬，令人惊喜得措手不及。

而令她最心动的，是他们之间虽相隔千里却无所不在的默契。他们常常会心有灵犀同时拨通对方电话，他们常常会为对方邮寄相似的礼物，他们常常会脱口而出同样的网络段子。

暧昧期很甜蜜也很短，很快，他向她表白了，毫不意外，她欣然同意了。

于是，他成了她的初恋。虽然她已经二十岁，但她一直不愿将就，幸好爱情虽姗姗来迟，却异常美丽。她觉得，她终于等到了对的那个人。

02

他们在相隔千里的两地各自读着大学，靠着网络、手机和书信维系爱情。他的字遒劲有力甚是漂亮，正如他那眉眼凌厉却不失清秀的面容。他也很聪明，用英文“love only”设计出她的中文名字，一语双关，令她沉迷。

她如所有初涉爱河的女孩一样，时而欢喜时而忧伤，却又百般敏感万般惆怅。她将他发过来的所有短信都认认真真抄写在粉红色的日记本上，幻想着为青春和爱情留下甜蜜珍贵的记忆。

他喜欢踢足球，经常从傍晚踢到晚上九点。于是她常常在深夜与他聊到宿舍熄灯，挂掉电话时意犹未尽，还要继续发信息聊天。

因为不想打扰到同寝室的伙伴，熄灯后她便关掉手机声音与振动，将手机放在枕头上，如此，若有信息进来，屏幕闪亮的微光会唤醒她的眼。

她舍不得漏掉他的每一句“晚安”，也务必要回复个“吻你”才可安心睡去。**这样纯纯的爱，让她觉得每一个鲜亮的明天都是那么值得期待。**

03

两个月后，他们有了第一次争吵。他着急去参加一场临时足球比赛，给了她邮箱的账号和密码，让她帮忙替自己发一封请假邮件到学院。她很谨慎，发完邮件后，随手打开发件箱查看发送情况，却无意间错点开了另外一封已发邮件。

邮件是写给一个叫苹的女孩的，她知道，那是他曾经暗恋了十年的女孩。邮件里的文字炙热温存，却在电光石火间击碎了她的心。

“我爱的是你，除你之外，我不曾爱过别人。”

写邮件的日期是两天前。几分钟前在电话里说着爱她的人，两天前在邮件里对另外一个女孩同样说出了爱。

她亦有着骄傲，不容许水晶般的爱情有丝毫玷污，遂决定分手。但他在电话里苦苦哀求，说邮件里的言语其实言不由衷，其实只是一个男人对得不到的女孩许下的白日妄言，其实只是想给曾经的暗恋一个交代，只是为了感动他自己。

她沉默犹豫。于是他当晚坐火车千里奔赴而来，用炙热的怀抱化解了她心中的恼怒。

04

《甄嬛传》里说："那一年杏花微雨，或许从一开始就是错的。"如果她能在当年听到这句话，或许就能决绝如裂帛，再不给他伤害自己的机会。

大学四年，他们分分合合，互相纠缠，虽未分手，感情却再不复初见时的心动。她渐渐知道，自己并不是他心中的唯一，他中意的是长发飘飘、白衣胜雪的女生，中意的是巧笑倩兮美目盼兮的佳人，而她，并不是。

她如此普通，既不美也不俏，只知一味地索取爱，却不知那良人已然心变。

毕业后，他们去了同一个城市工作，其间亦是百般折磨，于是他们再次选择了分隔两地，因为距离有时可以让彼此的模样变得美好。

可是，距离并不是真的能让人变得美好，只是让彼此看不见对方面对生活窘迫的丑恶嘴脸而已。唯有远离，她的敏感恨嫁，

他的穷困潦倒，才可以暂时被忽略，暂时被微博和微信里的虚假繁荣所代替。

她不是没想过将来，只是不敢去深究。他始终潦倒，始终躲闪，绝口不提两人的未来，只是在被逼无奈之时才叹息一声，感喟耽误了她的青春。

可她仍不愿割舍下这长达六年的岁月。虽然离乱，虽然心伤，可这是她的玫瑰，是她赋予心血的独一无二的玫瑰，纵有缺憾，终不能忘。

05

有时你无法离开一场爱情，不是因为它有多美好，亦不是因为它有多珍贵，而仅仅是因为你曾经为它付出过血泪而已。

人们往往只是不愿承认自己爱错了人或者用错了情，于是继续自欺欺人，掩饰好伤口强装原谅，直至被冷漠无情的熊熊烈火烧得面目全非、满目疮痍。

早熟的人其实都伴随着晚熟，而一个自恃聪明的男人往往又透着愚蠢，他以为自己隐藏得很好，伪装得很巧妙，却低估了女人天生的强大第六感。

在一次相见欢之后，她发现他频繁拿着手机发信息，低眉含笑不语，那神情是她从未见过的温柔。她假意问询，他随口漫不经心地解释，却偷偷为手机设置了她不知道的手势锁。

他仍不放心，于是时刻将手机装在兜里，哪怕是洗澡或者上卫生间，亦是如此。

聪明如她，岂会不知？那一刻，她胸中翻起滔天巨浪，羞耻心从每一个脚趾间冲上头顶，面颊如烧着熊熊烈火，燃起灼热的血色。六年的耳鬓厮磨、花前月下，六年的悉心维系、委曲求全，六年的小心翼翼与刻意隐忍，在一瞬间被他的假意温情挫骨扬灰，吞噬得连渣滓都不剩。

虽然她知道自己不是他心中的唯一，但仍信他几分，认定世间缺憾常有，他亦会一心一意待她。但此刻她终于知晓，自己只是在自欺欺人。

他坦言，偶然在地铁上他邂逅了长发垂腰、白裙飘飘的明眸女孩，她的惊鸿一瞥令他瞬间沉沦一发不可收拾。他发疯般一路跟随，女孩亦心领神会，留下了彼此的电话号码。

06

世间最悲哀的是，你不愿意将就，却偏偏莫名其妙糊里糊涂地成了别人的将就；你选择孤傲高洁如冷月，却偏偏挡不住世俗的恶意脏水如瓢泼。

这个世界的可笑在于，丑陋的人偏偏钟爱漂亮的面具，口口

声声对你说着早安的人，却暗地里为别人精心准备着早餐。

失望有很多次，但绝望，往往一次已足够。最终，他们分手了，是她主动提出的，这次他没有拒绝，选择淡然接受。

虚伪的人，在爱情里有很多张假面。我很穷，我喜欢孤独，我有应酬，我患绝症，我要出国，我父母不同意，我害怕婚姻，我负担不了你的将来。

听听，谎话总与悲凉同行，言者往往眉眼忧伤、神色落寞，甚至会假惺惺地挤出若干滴眼泪，而听者虽肝肠寸断心如刀割，却无法狠心绝情抽身而去，于是说谎的人得到同情，自欺的人收获伤痛。

为何光明磊落心胸坦荡的人尤为珍贵？因为世间郎朗如清风明月的男子或者女子着实太少。人们无法直面内心的真实，习惯为自己与对方编织各式借口。其实不爱就是不爱，何须东躲西藏。

07

而她亦在爱情的疾风骤雨后懂得，他对她或许有情有爱有不舍，但这敌不过那梦中情人的惊鸿一瞥。

因为她自始至终都是他的一场将就而已，他之所以选择与她在一起，是因为深夜寂寞，是因为情爱需要出口，也是因为觉得这场两个人的戏其实围满了观众，他不想让彼此的青春觉得扫兴。

而最终，他不愿再将就，他选择为寻觅多年的怦然心动埋单，所以他变得比任何人都冷漠无情。

可她呢，别忘了，她当初也是信誓旦旦不愿将就的人啊，只是她的不将就遭遇了他的将就，一场六年的爱情就变成了不堪回首的笑话，青春年华亦成为一袭破烂的袍子，遮不住内心的千疮百孔。

爱情里，我们都需要擦亮眼睛，因为即便我们不愿将就，也要谨防变成被将就的那个可怜人啊。

别嚣张，爱情的风水会轮流转

01

最萌身高差夫妻，有着最美的爱情故事。

前几天打开电视，恰好东方卫视正在播放一个节目《妈妈咪呀》，从来都不爱看这种节目的我看了几眼便决定不换台继续看下去了，因为节目里一个故事打动了我。

台上正在表演的是一个仅有一米四八的娇小女人，她是位新晋妈妈，孩子八个月。在台上她天真烂漫、活泼可爱，像中学生一样俏皮地唱完一首因经过改编而变得轻快的《勇气》，博得了全场观众与嘉宾的喜爱。然后嘉宾们假意说要请出学生时代一位暗恋她的男孩登场献歌，她忐忑不安、满脸惊诧，没想到剧情甜蜜反转，她等来了她高大帅气的老公。

这种桥段其实也很常见，只不过是节目组为了提高收视率而故意设置的烟雾弹而已，观众们见多识广都堪称千年的狐狸，自然不会因这种煽情戏码而感动，但是她的老公看起来真的很优秀，不仅身高一米八，弹得一手好吉他，而且像极了某个香港当红小生。

最重要的是，这个男人说话真的很有意思。

在台上，这个一米八的帅男酷爸深情地讲述了他们之间的爱情故事。他说最初是她先动的心，主动向自己表白，照顾他陪伴他，默默为他付出了很多，但是他当时不知情为何物，居然懵懂地拒绝了她。但是毕业后他们两人在同一个城市工作，接触久了他居然发觉她身上藏着很多闪光的才华，居然越来越迷恋她。

他还说，如今两个人的关系好像颠倒过来了，对于感情，以前他是满不在乎、吊儿郎当，现在却不由自主地紧张她、在意她，她反倒嘻嘻哈哈、没心没肺起来。

在台上，她满脸甜蜜地依偎在他身旁，身高相差那么多，看起来居然那么般配。最后他感慨而幸福地说："爱情里十年河东十年河西，如果真的喜欢一个人，一定要大胆地去追求幸福啊。"

听听，人家说得多好啊，在爱情里十年河东十年河西，风水轮流转，如果遇到真爱，一定要抛下胆怯虚荣与无聊的自尊大胆去追求，谁能保证那个人以后不会真的爱上你呢，又或许，谁能保证他不会爱你比你当初爱他还要多呢。

02

你挣钱养家，我洒扫烹茶，谁爱谁多一点真的没关系。

我想很多人应该都有与我类似的经历，那就是曾经在心里喜欢而迷恋一个优秀的人，却因为自卑感与自尊心作祟，最终选择灰溜溜地放弃，连表白的勇气都没有。即便我们喝了再多的心灵鸡汤，看了再多灰姑娘搞定高富帅的电影，也终究难抵自己的胆怯与能量不足。

不过，在爱情里，从来都不乏扬矛立盾的勇士，也总会有普通人于千万人中杀出条血路来成功逆袭。我的朋友琳小姐，就曾经是这样一个小矮人娶白雪公主的励志故事中的女主角，而男主角是她如今的老公，人称“江湖百晓生”。

百晓生在我们朋友圈中是个特别独特的存在，家穷人丑一米五九，还是个罗圈腿公鸭嗓。但他性格热情豪爽，朋友特别多，喜欢高谈阔论，各路信息特别灵通，所以被称作百晓生。

所以，到了大学之后，不过半天时间，他就利用自己强大的信息触觉捕捉到了原来年级中有琳小姐这么一位才华与美貌并重的女孩子。

她的视力不佳，他拿着她的课表每天去教室为她占据有利的座位，她来了，他就走，绝不惹人讨厌；她喜欢喝奶茶，他借钱开间奶茶店，每天往她宿舍送，风雨无阻，哪怕她回家了，他也送，送给她同宿舍的姐妹；她被暧昧花心的师兄耍得团团转，他二话不说把那自视甚高的倒霉蛋拉到酒馆一顿狂灌，最后那师兄居然对他心服口服，从此再不招惹她。

在爱情里，能做的与不能做的，默默无闻的与惊天动地的，百晓生都做了，他心里有股劲，你不是女神吗，我就玩命地对你好。这下琳小姐迷茫了，夜里睡不着，怎么办呢，答应他？实在是太丑太矮了。不答应？他不仅群众路线走得高明，连她自己其实都被感动了。

最后琳小姐牙一咬心一横，就先试试吧。结果这一试，直接试到了结婚生子。而且她发现，自己对他的爱是越来越多了，甚至比他当年爱她还要多。他每次出差，她都担心得睡不着觉，怕他路途不顺；打电话给他，如果他的语气低沉沙哑，她便心急如焚；他因忙碌少吃一顿饭，她便心疼得手足无措，恨不得立刻给他煲出一锅汤来。

我嘲笑她：“你当初不是清高自傲像高山寒冰吗，如今这是被他灌了什么迷魂药？”

琳小姐掩饰不住满脸的幸福：“哎，你不知道他为了家、为了我付出了多少心血，我回报他是应该的，做人要有良心。”

哎哟哟，好一个良心。哪是什么良心啊，分明是早已动了真心。

然后她又感慨地说：“其实谁爱谁多一点，真的没关系。以前是他爱我多，现在是我爱他多，但是有一点我很清楚，那就是我们现在很幸福。”

爱情本就是如人饮水冷暖自知的事情，而一段好的爱情一定是不计较少埋怨的。只要彼此是对方认定的幸福，这一生都不离不弃风雨相随，你挣钱养家，我洒扫烹茶，那么谁爱谁多一点，又有什么关系呢。

03

十年河东十年河西，爱情风水轮流转。

在我们身边其实不乏两小无猜、白首到老的爱情故事，但我从来不相信尘世的爱情会像童话里那般洁净美好，但凡携手一生，必然是要经历年月持久的磨合、试探、包容以求周全的。

我曾在公园里遇见过一对白发苍苍的老人，老阿姨是心脏病患者，做过手术后身体孱弱，老爷子便每天搀扶着她在公园里遛弯，背着一个朴素的袋子，装着水壶、面巾纸和零食，像呵护小孩子一般呵护着她。

恰好那天老爷子在旁边下棋，老阿姨坐着长椅上休息，我凑过去羡慕地说：“阿姨，你真有福气，您老伴对您可真好。”

老阿姨那张饱经风霜的脸分外平静和幸福，她说：“以前可不是这样的，他是个倔强的人，脾气大得不得了，我委曲求全忍了他一辈子，可是自从我做了心脏搭桥手术后，他就像变了一个人，照顾我可精心了。”

说这话时，老阿姨的目光温柔地看向老伴，而像心有灵犀般，老爷子也正在望向她，手里拿着一颗棋子，眼神里是挡不住的关切。

爱情就是这样的啊，风水是会轮流转的。也许你习惯了来自另外一个人无微不至的照顾与关切，深陷幸福毫不自知，以为理所当然，可是生活是会开玩笑的，或许会在某天突然打破你的平静生活，当一场意外突如其来，你才会发现自己原来是那么爱他（她），而当你终于知道了自己的心意，明白了那个人在你生命中是如此重要，你是不是会加倍地去珍惜，去爱?

04

遇见爱情，需要勇气，更要有底气。

爱情是个很奇妙的东西，毫无道理可言，因为人心最难捉摸，其中深浅，不可言喻。别看他今天对你爱答不理，没准明天他就在身后哭着喊着狂追不舍；别看她今天对你热情洋溢、嘘寒问暖，没准明天她就踩着高跟鞋嗒嗒嗒地华丽转身弃你而去了。

而你也真的无须胆怯自卑、楚楚可怜，也真的不用不甘心不服气。谁能保证一生就只爱一个人，谁又能保证明天她依旧会爱你呢?

我们能做到的，仅仅是当你身边的那个他（她）迁就你、深爱你的时候，去学会珍惜，学会呵护，因为爱情的风水轮流转，明天或许是另外一番光景了。爱情里两个人兜兜转转，风云相会，而风水也是山一程水一程，谁能预料呢。

在读这篇文章时，如果你恰巧在悄悄地喜欢一个人，想鼓足勇气去追求一个人，或者正在全心全意地爱着一个人，而那个人又恰巧不冷不热、若即若离，你大可昂首挺胸、底气十足地告诉他（她）：“喂，你别嚣张，爱情的风水轮流转，没准明天你会主动追着我。”

男人爱装懂，女人爱装傻

“男人喜欢不懂装懂，女人喜欢懂装不懂。”

当我在闺密微信群里说出这句话之后，仿佛一石激起千层浪，女士们心中的小火苗瞬时被点燃，个个摩拳擦掌、跃跃欲试，你一言她一语滔滔不绝，大有不吐不快的架势，连平日里最沉默安静的阿雅都忍不住来吐槽。

01

阿雅目前处于恋爱期，她的男朋友是当地的电台主播，一个非常帅气风趣的男士。两人认识了三年多，感情一直甜蜜如初，连争吵的次数都屈指可数，是闺密圈里公认的一对模范情侣。

所以当她跳出来吐槽男人的时候，群里的女士都控制不住内心的好奇，纷纷凝神屏气催她速速道来。

阿雅说，他温柔、能干、体贴、孝顺，优点真是多到数不过来，但唯有一样，常常令她啼笑皆非，那就是他在她面前常常不懂装懂，倔强逞能表现得像个大男孩。

比如，两人聊天时偶尔聊到哲学，他便挺着胸脯一顿侃侃而谈，从老子到尼采，从王阳明到黑格尔，直说得天花乱坠、眉飞色舞。仿佛上下五千年，只要是国内外稍有名气的哲学巨匠，他都能如数家珍、了如指掌，个个熟悉得跟邻居老王似的。

但在一旁静心聆听的阿雅却忍俊不禁，硬生生憋出了内伤。她是中文系毕业，私下里对文史哲都颇有研究，他一开口，她便知道其实他对哲学根本就不甚了解，因为他常常把老子与庄子的言行混淆，也分不清尼采与黑格尔的思想口号。

他所知道的仅仅是哲学皮毛，听过几个如雷贯耳的名字，读过几段亦真亦假的典故遗事，便自认为精通了一门学问，其实只是知一说十，不懂装懂而已。

不过阿雅是个聪慧的女人，她从不当场揭穿他，反而总是一副极其崇拜的模样，将他视为偶像，“原来是这样啊”“哇，你不是学机械的吗，居然这么懂哲学”“再多讲点，我最喜欢听典故了”。

每每这时，自尊心得以满足的男士总是沾沾自喜、满脸骄傲，他会得意扬扬、百般宠溺地揉揉她的秀发说，“笨蛋，这都不懂”，“傻瓜，你的大学真是白读了”。

恋爱中的男人总喜欢说女人傻，而称呼都是带着宠溺的“傻瓜”“傻丫头”“笨蛋”，其实大多数情况下女人只是装傻，只是以傻乎乎的模样来衬托他的英明不凡而已。

02

每一个人都是在特定的环境中生长而成的，受经历、性格、爱好、家庭背景的影响，总有一些知识领域是他们熟知的，也有一些领域是他们所不擅长的。

但是有些男士偏偏喜欢反其道而行，非要强装“无所不知先生”，仿佛这个世界上就没有他不了解的、没有他不熟悉的。在大学时，我的一位师兄就是这样的一位“无所不知先生”。

我是在一次老乡会的聚餐中认识的这位师兄，当时他在学校团委做宣传干部，性格外向开朗，极具领导力，并且非常热衷于参加各种活动和聚会。

在聚会时，他的侃侃而谈、挥斥方遒，很自然令他成为饭桌上备受瞩目的焦点，而且无论你说起了哪个话题，他都能目光炯炯、兴致勃勃地接下去，“这个嘛，我知道，是这样的……”“你知道吗，其实这里面学问可大了……”

在场的男生女生也都很配合，有的凝神聆听，有的随声附和，如此一来，这位师兄就更加有了自信心与成就感，愈加放肆地高谈阔论起来。

其实从他口中说出的内容，大多数情况下我都无法辨别真伪，因为男生常谈的话题如天文地理、电子高科技，我都不懂。但是毕竟言多必失，每次聚会我都能发现他说话中的漏洞和知识里的欠缺。

不过我没有揭穿过他，因为毕竟那些不妥无伤大雅，也不必过于较真，想必在场的其他人也都是同样的心思吧。何况师兄那么帅，在场的女生颇有对他倾心者，她们用崇拜的眼神灼灼地望着他，即便他是不懂装懂，依旧备受瞩目。

细细想来只是觉得他既可爱又可笑。**哪有人能做到处处精通、无所不知呢，遇到不懂或是不熟悉的话题领域，静静地听人讲就罢了，为何非要强行插入，用无知和故弄玄虚招来暗地里的一场笑话呢。**

03

都说每个女人心里都住着一个粉红色的小女孩，其实每个男人心里也住着一个争强好胜的小男孩。

这也许是从原始社会遗传下来的心理基因，男性在同类面前往往表现出强烈的好胜心理，而在异性面前又会萌生出不可克制的征服欲望。

自然界的雄性动物只有打败同性才能获得更多的食物和交配权，同理，男人只有在各方面的能力超越同性之时，才会产生一种优越感，才会觉得更有地位，才会觉得男性魅力指数爆表。

所以，他们往往喜欢在公开场合展示自己独有的能力，借以得到尊重和重视，这是很自然的天性。而当这种天性使用过度时，便会出现强装内行不懂装懂的局面，便会出现很多的“无所不知先生”。

而在心爱的女人面前，男性更加表现得像个顽童，虽然他们表面上看起来人高马大、威风凛凛，实则内心时刻都会有惶恐不安的忐忑。

他们拼命想隐藏不成熟的一面，伪装成无所不知、无所不能的模样，最好令女人觉得他就是王、他就是救世主，如此，他便会得到更多来自女性的爱，并且试图给女人带来更多的安全感。这就是在现实中男人会喜欢傻白甜女孩的原因之一。

而且，千万不要以为只有外向的、喜欢交际的男人才喜欢不懂装懂，其实内向的、沉默的男人在心爱的女人面前，常常更喜欢故弄玄虚。

04

男人总以为自己爱着的那个女人是傻瓜，并且天真得无以复加，笨到不能再笨，但其实女人心如明镜，远比你以为的要勇敢坚强智慧得多。

就如同聪明的阿雅一般，她从不当场揭穿男朋友的不懂装懂，而是用自己的办法悄悄地去指点他，让他从“装懂”变成“真懂”。

比如，他在哲学方面露了怯，她便会不动声色地买回几本通俗易懂的哲学书放在他家里，他口中混淆的那些典故她会用心地在书里折上页做上记号，让他自己去发现去修正。

她不揭穿，但也不会令他一直错下去，她以一种春风化雨润物无声的形式悄悄引领他成长，既维护了他的尊严，又保鲜了爱情，何乐而不为呢?

阿雅说，其实他不懂装懂的模样还蛮可爱的。所以她往往会不动声色地让他佯装下去，既然他喜欢做个大男人，喜欢有征服感，喜欢在心爱的女人面前展现男人魅力，那就让他的优越感一直保持下去吧。

他喜欢演戏，索性就让他演得欢喜，只要不伤及原则，只要无损于大雅，这又有什么关系呢。而女人就安心在一旁看戏好了，反正这场戏充满了傻傻的爱和蠢蠢的暖，想来也是难得珍贵的情趣。

聪明的女人往往更喜欢装傻，这是因为她们更加珍惜男人的可爱，更加愿意维护男人的尊严。圣人说女人如水，其实不仅仅是说女人天生具有包容性，更说明她们眼明心亮，澄净如湖水，更能看透世间的风景，也更加懂得爱情。

男人喜欢不懂装懂，就让他去装好了，千万不要做那个出言揭穿、处处讽刺的人。

因为在这个世界里，只有装傻的女人才最智慧。

没主见的男人，越早放弃越好

01

毋庸置疑，无论姿色如何、芳龄几许，也无论性情哪般、家世怎样，每个女人都渴望着今生能得遇一位好男人。

但怎样的男人才堪称绝种好男人呢？

如果一个男人长得温润如玉，一举一动恰似山巅月云中仙，待人彬彬有礼，做事周到妥当，且孝顺和善，收入不菲，有着自己独立的事业，那么，他算不算是个好男人？

如果这个男人对你一见倾心，对你嘘寒问暖，对你千依百顺，恨不得把你捧在手心、含在嘴里，但凡有好吃的便干干净净地收好等你来吃，但凡你心情不顺便百般滑稽耍宝哄你重展笑颜，那么这样的男人，你是嫁还是不嫁呢？

我想，得遇良人如此，大概全天下的女子都会被感动得芳心摇曳、眼泪汪汪，下一秒便奋不顾身、毫不犹豫地奔向他的怀抱。

这样天生完美的男人，有颜值有事业，有爱情有面包，对世间女子而言，是可遇而不可求的邂逅，是只堪梦中寻不见今生影的惊喜。既然早已寤寐求之，一朝得遇，自然不能将这天赐良缘错过。

但是，世间哪有什么华枝春满天心月圆，所谓的完美有时也不过是一个伪命题。美玉尚且有微瑕，太阳下尚且有阴影，你眼中的良人，自然也难逃缺憾的宿命。

也许你会说："这没什么啊，我爱他，就会爱他的全部，包括他的闪光点和阴影。"

可是，如果你口中的阴影是没有主见呢？这样的男人，你还会继续爱下去吗？

02

这个问题，十年前的姐姐用实际行动给出了一个答案。继续爱！不仅要爱，还要嫁！

当年姐姐与姐夫是经由媒人介绍而成的，一个是韶华佳人，一个是温润君子，两人一见倾心、情投意合，没多久便定下了婚约。

姐夫是位中学教师，这个职业在当地被视为铁饭碗，备受羡慕。他长得英俊，性情也温和，对姐姐体贴入微，两人婚后的感情非常好，是人们口中最恩爱的一对小夫妻。

可是好景不长，婚后半年，两个人的婚姻便出现了一丝不和谐的声音。而这个声音来自姐夫的家庭。

姐姐是个开朗和善的女人，喜欢热闹，初来乍到便与很多当地的年轻人交了朋友，这些朋友里面有男有女，于是她的公婆不乐意了。

她的婆婆是个精明的老太太，公公也不是宽厚的人。这对老人经常在背后对姐姐指指点点，嫌她的性情嘻嘻哈哈、大大咧咧，嫌她爱与左邻右舍开玩笑，并且撺掇着姐夫对她严加管教。甚至有一次村里放露天电影，她的公公一路跟踪她，目的就是为了监视她有没有跟其他的小伙子打情骂俏。

一来二去姐姐不高兴了，开始向姐夫抱怨。姐夫深知姐姐的性情，自然深信她的善良纯洁，但又碍于父母颜面，不敢出言制止，只能暗地里更加温柔缠绵地劝慰姐姐。而姐姐也便不好再追究了。

可有时生活是个无底洞，怨念如决堤，一旦开了口，便再难以收拾。那对老人见姐姐并没有丝毫收敛，便变本加厉地试探、监视，渐渐地将姐姐的婚姻逼入了狭窄不堪的绝路。

但是当困境来临，姐姐仍不愿放弃这场婚姻，她常说的一句话是：“他是好人，我很爱他，他也很爱我，我舍不得他。”

而姐夫呢，确实真的很爱姐姐。但是他自始至终只是一直在无力地安慰她、讨好她，试图平息她心中的怒火，却从来不敢去制止父母滑稽无聊的行为。因为他从小就是个没主见的孩子，多年以来习惯了听从父母的话，哪怕是错的，最多是置之不理，却从来不会用理智去反抗。

他是个好人，对父母孝顺，对妻子疼爱，但是他的好，最终却伤了自己，伤了爱人，也伤了一场失去便不再得的良缘。

最终，姐姐与姐夫还是在家庭的强行干扰下离婚了。烧成灰烬的心，无论春风拂过几何，都不会再起波澜，姐姐心灰意冷，最后只能选择放手。

一个女人可以忍受生活的贫穷，可以忍受公婆的刁难，却万万不能忍受最爱的男人在自己受委屈时袖手旁观、沉默不语。再好的男人，如果没有主见，最终也只能带给女人无尽的伤害。

03

避免招惹一个渣男很容易，可远离一个披着完美外衣实则内心软弱无力的男人却很难。

抽烟喝酒、多情滥情，时不时还会污言秽语扬手打女人的男人往往自带极其明显的渣男属性，遭遇这样的男人，女人自然望风而逃，不会受到半点伤害。

可偏偏有这样一种人，他颜值出众、性情温润，事业有成、风度翩翩，最关键的是他还对你情有独钟、痴心一片，这样的男人，哪个怀春少女能够抵挡?

如果这个人又恰好是个懂人情、负责任的真汉子，那你真是太幸运了。可如果在这美好外表掩饰下，他有颗永远长不大、永远没主见的玻璃心，那你就真的太惨了。

而最惨的是，他不仅没主见，还处处愚孝，半点不敢反抗强势父母的威严，半点不能维护你的颜面和幸福。这样的男人，即便再好再善良，也绝对不能碰。

倘若一个深爱着你的男人不能护你一时，便不要奢望他能拼尽全力爱你一世。人的本性有时是天生的、根深蒂固的、轻易无法改变的，尤其是男人，往往会自带顽固体质，他某个小小的生活习惯尚且难以更改，何况是由原生家庭里长出的性情呢。

姐姐离婚那天，姐夫就神情黯然地待在某个角落里默默流泪。他自小便没有主见，父母说什么他都听从，即便内心极不愿意离婚，也默认了这样的结局。他的无力感，是最伤人的地方。

然而可怜之人必有可恨之处，虽然他经历了这样一次失败的婚姻，却并没有真正认识到自身的性格缺陷，依然没有得到成长，以至于后来他的第二段婚姻也是因着同样的理由宣告失败。他现在四十多岁，离异有孩，生活潦倒、情绪不佳，早已失去了曾经的风华。

而姐姐呢，离开他之后嫁了一个其貌不扬却古道热肠的男人。这一次她终于扬眉吐气成了真正的女主人，在家里说一不二，备受重视，如今儿女双全，甚是幸福。

04

没主见的好男人，不是女人的良人，而是女人的敌人。因为他们往往伤人于无形，以爱之名铸就手中的利器，并在经年累月中为你挖下温柔的陷阱，只待一朝，你一个恍惚，便一脚踏空，摔个粉身碎骨。

可是即便如此，你偏偏舍不得怪他，因为他是那样无辜、那样温柔，你心中不断地跟自己说："他是个好男人，他很爱我。"而这样的心理暗示如同魔咒，令你既沉迷又神伤。

他是好男人又怎样？只没主见这一条，便足以抹杀他所有的好。他的犹豫不定，他的优柔寡断，他的偏听偏信，他的无能为力，会一点点地消耗你的爱意、你的耐心，以及你对美好生活的向往。

爱情与婚姻里最好的关系是共同成长，而不是互相消磨。

虽然没主见的张无忌最终会被强势的赵敏收服，但我们都不是赵敏，我们都只是智商普通、情商一般的姑娘，内心都渴望着一个颇有男子汉气质的人来托起自己的一生。

既然如此，倘若遭遇那些没主见的好男人，我们还是趁早逃离为妙，因为他们才是女人通往幸福路上最大的敌人。

鸡毛蒜皮才是爱情的开始

平日里，我经常会听见女性朋友向我报怨说：“婚姻真是爱情的坟墓，如今的生活几乎完全被鸡毛蒜皮的事所霸占，无聊透了。”

每每这时，我都会反问一句：“如果没有这些鸡毛蒜皮的事，你的爱情和婚姻会是什么样子呢？”

朋友们大多嘿嘿一笑不再言语，或许在那一刻，每个人都会不由自主地想象一下失去柴米油盐茶糖酱醋的生活是什么模样，但到最后都应该会觉得充满烟火气的世俗小事里，才藏着世间最深沉的爱情和最佳的婚姻状态吧。

01

大学时，班里有位男生曾经暗自喜欢了我很久，虽然他直到毕业后才向我表白，但其实我早已明白他的心意。岁月静好的四年大学时光里，他不言，我不语，两个人碰面常常是微笑以对，却始终没有过多交集，直到毕业离校当天，他提出要去车站送我。

六月急雨纷飞，车站里人群拥挤，流水般嘈杂，我与他默默地并排坐在椅子上，从早上十点到下午一点，除了偶尔聊几句曾经年少的趣事，大部分时间里都是郁郁的，内心有一丝伤感和期待。

许久的沉默之后，他忽然问我："你饿吗？"

其实我很饿，因为早晨我刚刚与好朋友们经历了一场泪如雨下的青春分别，根本没心情吃早餐，之后与他在车站里彼此沉默，也没有吃午餐。但是不知为何，我言不由衷地说了一句："不饿。"

于是，他哦了一声，没有再问，只是神情落寞地望着来往的人群，相对无言。

后来，这个故事就结束了。如今回想起来，他当时只是个不善言辞又含蓄的男生，虽然喜欢了我很久，却不知该如何表达。而我呢，也在那个车站因为一句无意的话语而看清了自己的内心，如果连与他一起吃饭的勇气和欲望都没有，如果丝毫没有想过与他在一起过柴米油盐的生活，又怎能在余生的爱情里自由翻涌呢。

所以，当我们毕业三个月以后，他终于鼓足勇气向我表白的时候，我同样含蓄委婉地拒绝了他。

02

后来，我经历了一段难忘的爱情，食髓知味，终于见到了爱情的真实模样。那就是，如果你发自肺腑地爱着一个人，必然会每时每刻都想与对方分享你生活中的每一件小事。

你买了件好看的衣服觉得穿起来不错，会满怀欣喜地告诉他；你家楼下的牛肉面味道很赞，想下次带他来吃，你会迫不及待与他分享；甚至你早晨挤地铁挤得一身臭汗狼狈不堪，你也会忍不住跟他多抱怨几句。

这就是爱情啊，爱情里哪有什么轰轰烈烈、肝肠寸断，无非是一件无聊的小事接着另一件鸡毛蒜皮的事，无休无止，细水长流，点点滴滴渗入你的生活、你的习惯和你的气息之中。当某一天早晨你睁开眼睛，会忽然发现，哦，原来自己已经完完全全地离不开那个人了。

爱情中的饮食男女或许含蓄，或许木讷，但绝不会高冷，如果一个人在爱情中仍保持着高冷的模样，那他一定是不够爱你。因为被烟火气熏陶浸染的痴男怨女，无论如何都会是个大花脸，或狰狞或滑稽，可招人烦，亦可解人颐，偏偏就是半点高冷不起来。

遭遇爱情，任何人都不可能保持着风度翩翩，因为爱情真实的模样就是卸下伪装与心爱的人走很长的路，享受很多美食，即便偶尔有抱怨有烦躁，依旧不离不弃，愿意长久地陪伴在彼此身边。

如果一个男人，曾于床上与你激情赤裸共赴巫山云雨，也曾下得厨房为你净手烹得羹汤，在你心中，他的模样一定是眉眼温柔、君子如玉，他一定是可亲的、可爱的，可以相拥一生直至白发苍苍的。

而一个说尽家长里短诉尽世间琐事的你，在爱你的男人心里，也一定是娇憨的、明媚的，无论你是有着大小姐般的坏脾气，还是温柔娴静如一朵解语花，都是接地气惹人烟的田螺姑娘，而不是衣袂飘飘却孤高傲慢的月宫仙子。

03

最近读鲁迅的《两地书》颇为感慨，纵然是鲁迅与许广平这样响当当的社会名人，在鸿雁传情的你来我往中，所诉说的也都是无聊至极的生活琐事。

这对民国时期风雨同舟的文学伉俪，在通信的最初，完全是一位对未来迷茫的女学生对导师的求助而已，可当鲁迅孤身一人赴厦门大学任教之后，两人的文字便悄悄地变了味道，由之前的人生理想探求变成了人间琐碎事的白描。

在书信里，鲁迅向许广平琐碎而详细地汇报着自己在厦门的吃穿用度和居住环境之窘迫："昨日到市去，买了一瓶麦精鱼肝油，拟日内吃它。”“我今天所搬的房，房子颇大，是在楼上。”“我到邮政代办处的路，大约八十步，再加八十步，才到便所。”

这大概是我所读过的最可爱也最无聊的情书了吧，连上厕所这等私密的日常都要写到信里向心上人汇报，而许广平呢，也像所有初涉爱河温情又调皮的女孩一样，既关心着他吃得是否习惯、睡得是否安稳、过得开不开心，又佯装强硬地规定他不许过多抽烟要注意身体，等等。

随着这一封又一封的日常生活汇报，两个人的爱情火苗才愈燃愈烈，并在民国风云变幻的天空中绽放了一场炫目而瑰丽的礼花。

原来爱情的到来，不一定是怦然心动，也不一定是回眸一笑，它可能存在于一粥一饭的问候和天气如何、心情怎样的关切中。因为我爱你，所以我想知道今天你的城市有没有阳光，你的城市是否飘着细雨，所以我想知道你的饮食是否暖了你的胃，你的衣衫是否如那年黄叶般单薄。

因为我爱你，所以我在乎你的一言一行与衣食起居，因为最深沉的爱，往往深藏在最清浅的细节里。

04

想与一个人亲近的真心，并不仅仅是对身体的冲动渴望，还有占据他生活所有寻常时刻的热切。只肯与你共享床笫之欢却不肯与你共进早餐的人，不是情场老手就是骗子，只有愿意与你在傍晚提着菜篮子闲逛菜市场并轻松自在地与商贩砍价言笑的人，才是一生难求的良人。

都说婚姻是爱情的坟墓，可其实鸡毛蒜皮的婚姻生活，才是爱情真正的开始。只有彼此心燃爱火，彼此渐进对方的生活，并愿意为之涉足婚姻，才是对情爱的成全和世间的圆满。

而所谓的厌倦，只不过是内心偶尔的一场感冒而已。但离开鸡毛蒜皮的事，却如同鱼儿离开水，鸟儿离开天空，人类失去呼吸。感冒鲜少能害人性命，没有了呼吸，却人人都将窒息。

因为失去了鸡毛蒜皮的事，就是失去了某种安全感，而安全感，是爱情或者婚姻最重要的核心。连鲁迅与许广平这般智慧通达的夫妻尚且如此，又何况是寻常人家的我们呢。

无聊时发条短信，问问“你在干吗”或者“今天吃了什么”，心情不好时打个电话，问问“你那个城市，今天下雨了吗”，或者慵懒的星期天，两人一觉睡到自然醒之后，穿着拖鞋短裤挽手闲逛菜市场。

相爱的人啊，别嫌弃琐事的无聊，因为这才是一段爱情真正的开始。

保持对自身的敬畏，

才能得到温暖的结局

谁是你最熟悉的陌生人

01

迷茫是青春的常态，谁的青春不迷茫？

朋友家有位表弟，今年二十一岁，初中没毕业便出去四处打工，没挣到钱又回来了。他没学历没技能，家里人都很为他着急，掏钱让他去学了驾照，为他买了辆二手出租车，但他似乎没什么耐心，生性又莽撞，开出租车不过两个月，便发生了几起事故，最严重的一次撞了位老大爷，大爷的腿韧带断裂，全家赔了好多钱才算将事情平息下去。

经此一事，朋友的表弟有点胆战心惊、一蹶不振，对自己失去了信心，有点自闭的倾向，出租车不愿意再开了，转手卖掉，损失了不少。家里人一商量，觉得他可能是年轻没有责任感，于是托人给他介绍了女朋友。

有了爱情滋润的表弟似乎又恢复了几分精神，脸上重又有了红润，也愿意跟外人开玩笑了。但好景不长，女朋友跟他分手了。更糟的是，女朋友还花光了表弟原本就薄薄的那点积蓄。

如此，这个生性阳光快乐的大男孩彻底蔫了，自闭的倾向更严重了，说话也开始变得结巴。

朋友找到我："你帮我开导开导我表弟？"

我说："我是学考古的，不是学心理的，我的专业是看风水，不是看病。"

朋友说："那你就把我表弟当成风水给看看吧。"

后来与那个小伙子聊了聊，发现其实他没什么问题，只是迷茫而已。比如他其实不愿意打工，但小哥们都在挣钱，他也就去挣了；他不喜欢开出租车，但是当时这似乎是他唯一的出路，他也便去试试；他心里其实一直有个暗恋的女孩，但不敢开口，有人介绍女朋友给他，他为了转移这种迷茫就交往下去，所以如果这能是个欢喜结局，就真的是见鬼了。

其实如果他能意识到青春中的迷茫是非常正常的一件事，能够正确地认识自己，这一切都是可以避免的。在所有人都过度关注他的环境里，他自己也放大了迷茫的情绪，最后终于不堪重负，成了个郁郁寡欢的小伙子。

我问他："你最喜欢做什么？对什么感兴趣？"

他支支吾吾地说："其实我愿意做厨师，可是怕大家觉得男人做厨师很没出息。但走了那么多冤枉路，我越来越觉得喜欢那个行业。”

我立刻给他鼓掌，他很是诧异，一双眼睛里充满着疑惑与惊奇。

其实他是多么幸运呀，虽然走了弯路，但终于在弯弯绕绕之后认清了自己的内心，知道最想要的是什么。

迷茫不可怕，刘同说，谁的青春不迷茫？走出迷茫，找到自我才最重要。

02

你是自己最熟悉的陌生人。

希腊德尔菲神庙门楣上永远写着：认识你自己。可在你认清自己之前，你要先承认，你是自己最熟悉的陌生人。

因为是陌生人，所以要慢慢去接触去了解，要学会与内心的另一个自我对话，在共同的学习成长经历中，互敬互爱互相扶持，最终合二为一。因为你是自己的陌生人，所以就不会时时刻刻与自己较劲。

很多时候，我们习惯于对别人太过宽容而对自己太过苛刻。其实我们更需要自己的关爱。

我的朋友月亮小姐是我见过的最明智的女孩，也是最能坚持自我的人。她是我在私立学校的同事，但她的理想是开家自己的手工工作室。为什么没在刚毕业时就去开家工作室呢？很简单，没有钱呗。

她的口头禅是“不要和生活较劲，也不要和自己较劲”。没有钱，就去挣喽。私立学校待遇不错，她工作了一年省吃俭用攒了五万块钱，迅速离职在居民楼租了一室一厅，开了家简单而淡雅的工作室。

在学校工作期间，月亮小姐也没闲着，利用晚上的时间从网上下载各种学习视频，买来各种材料一针一线地研究，开了公众号每周发布手工教程吸引粉丝，等到她开工作室的时候，由于前期有了完美铺垫，第一个月便收了两拨学生，培训费挣了两万多。

月亮小姐做的这一切，都是发自内心的一种热情，也是对生活的一种明智安排。她知道自己出身普通家庭，不能在一开始便去追寻梦想，因为任何不能填饱肚子的梦想都是伪梦想，所以她选择努力挣钱。你改变不了自己的出身，又何必与自己较劲呢？

但是她迷茫吗？肯定不迷茫，因为她自始至终知道自己要的是什么。那她是不是太过于辛苦、对自己太苛刻呢?那也肯定不是，相反，我觉得她是最爱自己的一个人。因为，她把自己当成一个陌生人，每天和平地与内心的自我对话，比别人更懂得与自我和平共处，并尊重内心的真正意愿。

我们身边太多人都在做着中国式好人，对别人太好，对自己太差。但如果你把自己也当作一个陌生人，你还会如此吗?

03

终此一生，学着摆脱他人的期待。

《无声告白》里，莉迪亚死了，她的父母和哥哥都坚信美丽乖巧的她是死于谋杀，疯狂地寻找着凶手，但只有妹妹汉娜知道真相。这本书的封面上，有一句话直指人心:

“我们终此一生，就是要摆脱他人的期待，找到真正的自己。”

朋友的表弟其实从小就喜欢看母亲做饭，他说自己闻到油烟味就觉得安心，觉得世间的烟火气是那么美好，但父母期望他能够挣大钱出人头地，他便唯唯诺诺地出去打工，又别别扭扭地开出租车，到最后连爱情都没能让他走出内心的困境。

有时我们不在乎外界的眼光，却会在意家人的期盼，因为我们都想做一个令父母骄傲的孩子，但结果却往往不尽人意。

大学毕业时，我之所以选择回家乡做老师，也是因为父母觉得教师这样的职业比较稳定，但工作一段时间后我发现自己不适合教书，所以选择了离职。

但很快父母又建议我考公务员，因为做公务员是件很荣耀的事情，于是我又随波逐流去参加了省内的村官考试，但在考试时我猛然想到其实我根本就不想去当什么村官，所以没有填服从调剂的选项。如果我当时填了服从调剂，可能如今正在某个村里对着村委会的办公桌发呆呢。

幸好我的父母算是比较开通，后来对我的生活也没再过多干预。我也找到了自己能够安身立命的工作。

但其实我最愿意做的是读书写文章，除此之外，我还喜欢刺绣做手工。所以在经历了那么多的曲折和自我反省之后，我开始在网上写连载小说，最初真心没有什么人来读，但慢慢就收到很多鼓励，生活也慢慢变得明媚起来。平时自己喜欢做些刺绣，钩一些向日葵坐垫和玫瑰花瓣，身边的朋友也都很喜欢。

你在成为这个世界的光芒之前，首先要成为自己的光，照亮自己的内心才能照亮自己的生活。

04

接受不完美，做最好的自己。

我们都懂一个道理，那就是自己是为自己而活，却又忍不住去迎合别人。其实越迎合越糟糕，自己别扭，别人看你也会觉得拧巴。

你读不进去一本书，便不要硬逼着自己去读了，换种获取信息的方式，去听书行不行？你挤不进一个圈子，便不要强迫自己去融入了，如果气场不对，即便进去了也会别别扭扭。你收到了来自一个并不心仪的人送来的玫瑰花，收下也就收下了，难道还非要退回去或者觉得欠了他好大的人情不可？

你只是自己最熟悉的陌生人，那么，面对内心的另一个自我，何不以礼相待，学会彼此善待，然后努力做成那个最可贵、最完美的自己。

男人不怕穷，就怕穷且有戾气

01

眉目如画的男神，却是一个会为生活琐事而暴跳如雷的人。

大学毕业前一周，好朋友静静在施展了十八般武艺、翻遍了所有睡男神守则之后，终于欢天喜地地追到了她的帅哥男朋友，然后吵嚷着要让给我见见。

我是抱着好奇和凑热闹的心情被她拽着去与阿宋见面的，她一路上手舞足蹈、滔滔不绝，双下巴的肉都在跳跃，透着发自肺腑的幸福。受她感染，我居然也快乐得似一条翻腾的鱼。

但是这种快乐在与阿宋相见的第一眼，便慢慢冷却了。虽是初次见面，但他身上那股难掩的戾气，让我坐立不安、如鲠在喉。那种戾气，在《他来了请闭眼》中张鲁一身上曾经出现过。

约好在市中心的咖啡屋见面，但中途我们被通知地点改在了距离阿宋实习公司更近的甜品店，理由是可以节省一块钱的公交车费。为此我们不得不临时倒了两趟车，历经两个小时从城北奔到城南郊区。

甜品店里，静静满脸兴奋地挽着阿宋的胳膊拿着菜单点了好大一份甜品，我敏锐地捕捉到他的眉毛不经意地皱了皱，嘴角掠过一丝不耐烦。我赶紧抢着说："今天我埋单，算是恭喜你们。"

阿宋确实是男神模样，身材颀长，眉目如画，神情淡淡的，波澜不惊。我一直认为自己长着张性冷淡的脸，永远无风无浪，但与阿宋相比，我承认自己输了。

静静对他嘘寒问暖，他回报以敷衍；静静对他千依百顺，他回报以微笑。我以为他就是如此恬淡的性情，但没想到他会因为一件小事突然翻脸。

从甜品店出来的时候，静静忽然胡乱翻着自己的包包，一拍脑门大喊道："哎呀，手机好像不见了，是不是丢在公交车上了？！"

我还没来得及说话，阿宋在她身边突然像触电般狂吼起来："手机丢了？！你怎么这么不小心，买个新手机得花多少钱你知道吗？！你这丢三落四的性格肯定是你妈给惯出来的！我告诉你我可不管，你自己的事情你自己处理！"

那一瞬间，他那张男神的脸扭曲得如同被揉搓的纸团，狰狞黢青，身体绷得直直的，怒发冲冠，我觉得如果不是因为我还在场，他下一秒肯定会对静静大打出手。

说真心话，那一刻，我被惊到了。戾气这么大的男人，我平生还是第一次遇到。

02

男人不怕穷，最怕因为穷而生长出无尽的戾气。

几天后，我给静静打电话，想安慰安慰她。上次见面有点尴尬，分别时她的脸色也很难看。

我问："怎么样？没闹着要分手吧？"

静静在电话里咯咯地笑："我有那么傻吗？其实阿宋对我挺好的，他就是心疼我，看不得我丢三落四的坏习惯。"

我嗤笑："是心疼你还是心疼钱？"

"哎呀，他家里穷，心疼钱也是可以理解的，一个手机两三千块钱，是他实习一个月的工资了。"

"小姐，如果我没记错，新手机是你自己买的吧。"

"哈哈，过几个月我们打算结婚的，我的钱也是他的钱嘛。"

我不知该再说些什么，因为即便说些什么，我相信静静也是不会听的。是的，静静家境不错，阿宋家境一般，他们有结婚的打算，我应该祝福。但不知为何，我心中突然有了隐忧。

后来大学毕业，果然没过多久静静和阿宋就结婚了。但胖胖的公主与落魄的王子并没有像童话里那样过上幸福快乐的生活，相反，他们始终生活在吵吵嚷嚷之中，吵嚷的核心，永远是钱。

我相信一句话：如果一个男人在热恋的时候就不能把你捧在手心，那就别指望他能在婚姻中为你改变自己。就像阿宋，他能在有外人在场的情况下为了一个手机对静静大发雷霆，那么在二人世界的小家庭里，他肯定会更加肆无忌惮变本加厉。

是因为他穷吗?

我想，有穷的原因在里面，毕竟在不同家庭环境里长大的两个人，无论是先天性情、生活习惯还是为人处世都有着天壤之别，比如静静阳光活泼，阿宋淡然沉静；比如静静习惯享乐安逸，阿宋习惯克制自持；再比如静静花钱如流水，阿宋花钱如便秘。

但最根本的原因还不是穷，而是他因为长期的贫穷而生长出了磨不灭的戾气，甚至不仅生长出了戾气，还顺便得了敏感自私和自卑的毛病。

03

假如你是个穷小子，也愿你是世上最美好的穷小子。

网上一直都在热议孩子是该穷养还是富养的话题，其实我觉得这个话题本身有点矫情。再怎么穷养，父母也是照样让你吃饱穿暖，一顿都不曾饿着你；再怎么富养，全家也不可能勒紧裤腰带把所有的财富都双手奉送供你一人玩乐。

我们大多数人在成长的过程中，其实既没有遭遇“穷养”，也没有遭遇“富养”，我们是在父母能提供的物质条件里，如植物般正常生长着。

而家庭能提供的物质条件，我们没有办法选择，就像有些人出生在我们一辈子奔跑奔波奔赴都奔不到的终点线，我们求不来，也不必奢求。虽然家庭贫穷，但我们依然可以有权利选择成为一个乐观且充满正能量的人。

刚毕业的时候进入培训机构，同事里有个很不错的小伙子叫大鹏，他跟煎饼侠同名，模样憨厚，性情阳光友善，虽然家庭条件一般，但只要他站在你身边，你便会被他强大的性格魅力吸引。

我也被他吸引了，向他表白我少女的春心，然后被他傻笑着婉转地如春风般和煦地拒绝了。

爱情出师不利，但从此我收获了一个好朋友。大鹏的家底不是薄，而是根本没有家底，大学的学费是打工挣到的，毕业后立即参加工作，但每月的工资也刚刚够房租和生活费而已。

你以为初入社会的学生会自带主角光环，只要努力就能立即摆脱二十多年的家庭困境？那是鸡汤，不是现实。大鹏工作很努力，却依然处于社会的底层。有一次被迫临时搬家，房租需要押一付三，他有些发愁，我偷偷从信用卡里倒出五千块钱借给他，解了他的燃眉之急。

后来我离开了培训机构，时光也没有辜负他的努力，升职加薪跳槽，他的薪水越来越高。他得知我当年是背着信用卡的利息把钱借给了他，当即感恩无比，不仅还了钱，还连请我吃了半个月的肯德基。他一度认为肯德基的鸡腿是世界上最好吃的东西。

大鹏就是我们身边的普通人，他或许是你的同学，或许是你的同事，或许就是你的男朋友。他们工作积极、薪水不错，却依旧算不得富有，过日子有时也紧巴，但浑身充满正能量，愿意每天开开心心地去努力奋斗，即便委屈自己，也愿意去满足心爱的人，永远不乏对生活的希望与感恩。

而这样阳光乐观的大鹏与男神模样的阿宋，你会更愿意靠近谁？我想大多数人都会选择大鹏，因为他本身就是个如太阳一般的发光体，吸引着这个世界上所有美好的事物。虽然他依旧是个穷小子，却是这个世上最美好的穷小子。

04

没有金元宝，至少你能选择拥有金元宝般的心。

当年大鹏拒绝我的时候，曾婉转地劝我再去多经历经历，于是我听了他的话，开始四处经历。我发现这个世界上好男人有很多，其中最好的就是性情和善、富而不骄的男人，而坏男人也有很多，其中最坏的就是穷且有戾气的男人。

古人说，富而不骄易，穷而不怨难。一个人富贵了，有文化而知礼，常怀和善之心，是很容易做到的事情，但是如果一个人处处受制于穷，做什么都不如意，年月持久便会心生戾气，所以穷而不怨，是相当难得的品质。

同样是贫穷，静静的男神阿宋就有着满满的戾气，稍不如意便火冒三丈、暴跳如雷，哪怕是鸡毛蒜皮的事也要撕扯半天，硬生生辜负了一副好皮囊；而我的男神大鹏就有着满满的元气，愿意为美好的生活努力，也愿意去等待真正的爱情，永远心怀希望、心怀感恩，虽然长相普通，但相由心生，与他接触过的人，都觉得他很帅气。

所以对一个男人来讲，穷有什么好怕的呢，世界这么大，有多少人能抱着金元宝出生？而没有金元宝又能怎样呢，至少你还有健全的身体和赤子之心，白手起家拼搏就是了。上了年纪的人常说，穷不扎根，富也不能传万代。你天生不是富二代，那就努力去做富一代，假若连富一代都做不了，你总能做个心怀善意充满正能量的穷小子吧。

不是所有人都有天生抱着金元宝的命，但我们可以选择坚守住自己的内心，不要被穷困的恶水浸染了纯净的灵魂，不要硬生

生被那无端残忍的戾气侵蚀。

男人不怕穷，怕的是穷且有戾气。就像大鹏那样，穷又怎样，阳光乐观的他依旧成为了那么多人心中的男神，不是吗?

为什么女人会痴迷于一份远方的快递

01

在微博看到一段视频，是马云应邀参加《开讲啦》中英文化交流行，主持人撒贝宁在节目中调侃说，马云在中英文化交流中起到了桥梁的作用，尤其是在安慰女人方面。

因为，英文里，人们常常这样安慰女人，“You need cry dear（亲爱的，你需要哭出来）”，而在中文里，取悦劝慰一个女人，你只需要说：“有你的快递。”

此言一出，全场无论男女立即大笑，屏幕外的我也是忍俊不禁。虽然这只是个调侃，但不得不说，这样的调侃充满了狡黠的智慧和善意的温情。

一个女人在什么时刻会脸红心跳、满怀忐忑、坐立不安并且各种幻想百般憧憬?

是热恋期吗？或许是吧，但有数据研究表明情侣之间的热恋期通常是三个月左右，最长不过一年。等双方的眉来眼去、情意绵绵逐日消退，彼此之间的身体与情感再无任何新鲜可挖掘可探索之后，哪个女人面对耳鬓厮磨的伴侣还会心中小鹿乱撞，期待又甜蜜？

是舌尖触碰到美食的时刻吗？嗯，不是不可能。当一名绝对的女吃货终于等到日思夜想的美食用精致无比的器皿盛放着端上餐桌，她的味蕾会在顷刻间蠢蠢欲动，口水会忍不住在舌尖打转，美食未曾入口，便已蚀骨销魂。

但，生而为人，生而为普通人，我们大多数情况下享用的只是家常白菜豆腐，像如此那般惊动的心跳毕竟为数不多。

古人也说，食色，性也。但这食与色，均是出乎本性，且会随着岁月疲长失去声响。而**对女人而言，有且仅有一种时刻是会手指颤抖、心跳加快、呼吸困难，莫名地充满着激情野性与抑制不住的兴奋冲动，毫无优雅矜持，恨不得用尽一生的洪荒之力的。**

而这个时刻，就是当她听到包裹即将被快递小哥飞奔送来的那一瞬间。

02

某个阴霾灰暗的周末下午，心情莫名其妙地开始抑郁烦躁，坐立不安，突然想起前天曾在网上买了一套彩铅，于是我赶紧打开手机查看物流详情，而当看到屏幕上显示包裹还在中转站没有派送时，旋即觉得天色又灰暗了不少。

正愁闷着，突然手机进来一条短信：“你好，我是XX快递，一个小时之后准时送货到家。”

噢！原来物流详情也不一定准确，也会有更新延误啊！我飞身从床上跃起，穿衣化妆收拾得干干净净、妥妥当当准备迎接快递小哥，阴霾一扫而光，登时便有种拨开云雾见月明的爽朗之感。

之后漫长的这一个小时，我的心情激动又忐忑。我幻想着当我拿着彩铅在雪白的画纸上涂鸦的样子，我会画一片茂密的绿色森林，森林深处是古堡庄园，庄园里盛开着玫瑰，玫瑰丛中有个兔子洞。甚至我暗暗发誓拿到画笔之后，自己一定要每天坚持画画，这样没准几年后的某一天，我能成为一个著名的画家，再也不用靠着天天码字吃饭。

女人在等待快递的时刻，脑子里的画面会尤其多，堪称天马行空、波谲云诡。如果她买的是一条裙子，她会想象这条裙子穿在身上是多么摇曳生姿、步步生莲，引得众生都为她倾倒；如果她买的是化妆品，她会想象脸上的青春痘、褐斑、小黑头会顷刻间消失得无影无踪，从此自己便是肤若凝脂、吹弹可破；如果她买的是巧克力干果零食，她更会想象，不过这次她想的是自己一定会克制自己，每天只吃一颗，绝不能让千辛万苦的减肥大计毁于小小的一枚巧克力豆。

除此之外，女人还会想象送包裹上门的快递小哥是如何谦谦有礼、君子如玉，如何风度翩翩、妙语生花，如何温柔体贴、言笑晏晏。此时此刻，情人在她们心里压根已经算不得什么，正骑着白马飞奔而来的快递小哥才是这个世间真正的良人暖男啊。

所以，在等待的那一个小时里，除了激动、幻想和梳妆打扮，我甚至还为白马快递准备了一枚巧克力作为答谢。可是，等到他终于叩响了我的房门，我双手颤抖地接过包裹，却压根不记得送出手中的巧克力了。

有人说，女人在拆快递时的心情与男人脱女人胸罩的心情如出一辙，明明知道即将看见的是什么，偏偏胸中热血奔涌、兴奋不已。而且，两者之间从本质而言也是类似的，都要撕扯，都是出于人类的窥探欲和占有欲。

所以，男人有多好色，女人就有多渴望一份来自远方的包裹，皆是本性，皆无可厚非。

03

想必对于大多数女人而言，生活中最难熬的不是每个月的那几天，而是每到年底的那几天。因为年底的那几天，快递不上班！

快递不上班，就意味着不能网购，只能将喜欢的东西可怜巴巴地堆在购物车，就意味着我们将有好几天要生活在空荡荡没有着落的魂不守舍里，就意味着生活里没有惊喜、没有憧憬、没有希望、没有半分快乐啊。

归根到底，女人期待一份快递包裹，其实就是期待今天与昨天不一样，期待明天能收获一份惊喜，期待人生的每一片刻都能够沐浴在甜蜜的等待和盼望之中的曼丽心情。

有时男人对生活的甘之如饴来自看得见摸得着的成就，而女人对未来的底气有时来源于一种幻想，因着这份幻想与期待，她们即便在生活困苦寥落的时候仍能如蒲草一般柔韧，即便在卑微不堪的际遇里仍能咬紧牙关坚持，即便零落成泥碾作尘，依旧透出那么一缕永不消散的芳香。

目睹过很多世间的不幸和悲惨，面对厄运，心怀幻想的柔韧女人有时比钢铁男子汉还要顽强，那正是因为男人望着亲手打造的家园坍塌往往承受不住，可是女人却会因着那一丝萤火般的微光而重新点燃生活的希望。

世间事十有八九不得如意，如果再不为生活加点糖，再不为自己亲手点亮希望的微光，人生该是多么漫长和无趣的一段路程啊。

大到对未来的美丽幻想，小到一件十几厘米见方的包裹，其实都是女人对生活的态度、对生活的期望。一本书、一瓶香水、一套餐具，无须太过华丽奢侈，也无须多么高档名贵，我们要的，其实仅仅是那么一份小小的惊喜而已。

04

有人戏言，一份包裹除了能为女人带来曼妙的幻想，还能有效锻炼她们的力气身骨，因为平日里连瓶盖都拧不开的她们，拆起包裹来却是干净利索、果决勇敢，颇有女侠之风。

我觉得说这种话的肯定是男人，而且他身边一定有个常常接收快递的女人，不然此人不会观察得如此细微，形容得如此惟妙惟肖。

不过，收快递又不是女人的专利，男人也同样可以啊。我身边的一些男性朋友，他们等待快递时虽然不如女性那么急迫激动，但我仍经常见到他们不断地去刷新物流详情。可见，等待这件事情，是不分男女的。

或许有人又会说，网购成瘾是非常可怕的事情，尤其是当一个女人总是控制不住自己的双手时会引发家庭的大爆炸。但是原谅我孤陋寡闻，在我身边还真没有因为买买买而倾家荡产的人，相反，喜欢购物的女人个个红光满面、喜气洋洋，浑身上下都透着优雅幸福的光芒。

其实，大多数女人都是理智的，只是她们的眼睛天生便具有

发现美的特异功能，总是能大浪淘沙一般挖掘出男人不能发现的瑰宝而已。

当然，即便你发现了她们的败家潜质并且毫无情商地偏要跳出来指责她们时，她们也是不会理睬你的。生活那么美好，明天的惊喜那么多，谁会在意你的闲言闲语呢，况且时间那么紧迫，人家还要下楼去取快递呢。

01

牙痛有多磨人，只有亲身经历过的人才会知道。表妹最近就很苦恼，因为她的槽牙发炎导致右边脸颊肿得像馒头，即便粗略一瞧，也能看得出本来俊俏的小脸有着极不对称的怪异。

她很爱美，二十几岁的妙龄正是青春蓬勃的好年华。所以当她清晨在疼痛中醒来，看见镜子之中的自己，登时惊得花容失色，欲哭无泪。

蒙着纱巾开车到医院，牙医仔细检查之后告诉她，她口腔里有四颗牙已经有了严重的虫洞，必须拔掉。但是发炎期间不能拔牙，只能先输液消炎，等炎症消退之后再做处理。

于是表妹可怜巴巴地输了三天液，发誓拔牙以后再不敢瞎吃瞎喝了。

说起表妹的牙，可谓是历经坎坷、伤痕累累。

她自小便贪吃，零食不离口，十几岁时牙痛便时常光顾她。但是当时她在读寄宿学校，父母不在身边，她仗着年轻，对自己的身体也不甚在意，所以即便疼得厉害，也只是吃片止痛药而已。

而今她毕业开始工作，口袋里有了钱，便在吃货的路上越走越远、愈陷愈深了，常常是上顿火锅下顿烧烤，周末再享受一顿牛排西餐，吃完之后顺便来几个冰激凌解解渴。

我经常被她惊得目瞪口呆："你不是总牙疼吗，吃完热火锅就吃冰冷的冰激凌，真的能行？"

"没事啊，好久没疼了！"表妹心满意足地啃光手里的雪筒，像个美丽的小饕餮。

俗语说"牙痛不算病，痛起来要人命"。而且牙痛仿佛鬼魅一般，它会潜伏，总是忽隐忽现，平日寻不到它的踪迹，但没准在某天清晨你醒来时，它就会狰狞地缠上你。

大多数人在年轻的时候，倚仗着青春年少、体力蓬勃，都难免会做些有损自己身体的事情，比如熬夜，比如酗酒，比如胡吃海塞。当时你可能觉得这并没有多么不妥，但迟早身体会对你挥舞起反抗的拳头。到了那时，你该如何接招?

02

大学毕业后，我在郊区过了一段租房的岁月，当时与我合租的是个南方姑娘。合租后不久，她便失恋了，是对方主动提出的分手。

我的性格有些慢热，当时与她的关系不算特别亲密，每天看着她蓬头垢面、不言不语，心里着急却不知该如何安慰。

后来，她出现了轻微自虐的倾向，开始不吃不喝，开始学人抽烟，并且常常用拳头捶打自己的脑袋，作发狠痛苦状。

我经常在电影里看见这样的桥段，失恋的女孩往往会百般自虐，将自己折磨得鲜血淋漓、伤痕累累，意图挽回男人的心，但现实中我还真没见过像她这般糟践自己身体的。

我强行拉着她去逛街购物，按照菜谱为她准备早餐，带着她去附近的大学操场跑步。我问她："你们为什么会分手？"

她眼神迷茫地说："他说我不成熟。可是我已经二十五岁了，独立、有工作、人缘又好，我觉得自己很成熟啊。"

总自认成熟的人其实往往是晚熟。我气愤地反驳她："成熟的人会在失恋的时候糟蹋自己身体？这是愚蠢的家伙才会做的事情！"

真正的成熟，不在于年龄、阅历如何，也不在于是否功成名就，而是取决于你有没有一颗对身体的敬畏之心。身体是自然给

予我们的最高贵的馈赠，失敬于身体，任你能左右逢源、呼风唤雨，也是一场大梦、一世荒唐。

03

曾经有人在微博发私信给我，是一位男生。

他说："我家境不好，所读大学也很普通，毕业后只找到一份月薪三千的工作。我深知自己的起点太低，所以我一直拼命努力、挣扎前行，只是我很累很累。"

我回复他说："努力不可弃，身体亦要爱惜。"

没想到隔着手机屏幕，他愤怒了："身体？！穷人哪有资格爱惜身体！为什么你不能说几句激励我继续拼命的话！我找你是为了喝鸡汤、打鸡血的！"

我把他这句话截图发给我的朋友阿坤，阿坤哈哈大笑："这个小伙子还太年轻，还不懂得生活的意义。"

一年前阿坤的境遇与那位男生是一模一样的，他工作后也堪称兢兢业业，却过度消耗了自己的健康，去年年底在医院被查出脊椎损伤，做了两次手术，住了一个多月的医院，目前刚刚恢复。

在阿坤生病住院的日子里，他们全家都失去了欢笑。他和老婆都是底层的上班族，孩子五岁，每月车贷房贷六千多。他倒下了，高额的医药费让家里的经济更加捉襟见肘。

除此之外，他的老婆和儿子都失去了安全感，每天生活在他可能会瘫痪的隐忧之中，整日强打精神，郁郁寡欢。

不知从何时起，大众的心理出现了畸形的迹象，一个人向你求助，你若不激励他以命拼未来，他就以为你真的是在断他生路，莫名其妙地会恨上你，哪怕你是真心为他好。

我们习惯了依赖心灵鸡汤去励志，习惯了用透支身体去得到名利，可是用心观察就知道，每一位成功人士或者行业精英在拼命工作的同时，也都是极其注重健身和养生的。

国外曾经有一项调查，是专门针对贫苦和贵族两个迥异阶层的。调查显示穷人的身材更容易走样，身体更容易沾染疾病，而贵族子弟即便人到中年，也往往能够保持紧致姣好的身材，因为他们更懂得克制和敬畏自己的身体。

在一定程度上，你对于身体的控制力，就是你对生活的掌控能力。也许你没有时间去健身房，也没有足够的钱换取家庭医生的照拂，但你完全有能力在日出之前的花园里跑上几圈，或是远离无聊的周末加班。告别以命拼未来，才是敬畏本心的开始。

04

不可否认的是，内心最是深爱你的人，一定是最关心你身体健康的那一个。

回想一下，每次回家探亲，父母是不是总会嫌你吃得少，或者穿得少？若你久居在外，拿起电话拨通的那一刻，你问的也永远是那句：“您的身体还好吗？”

有时我们在意亲人或爱人的身体，往往会胜过在意自己的身体。可正是如此，为了心中所爱，我们才更要爱惜自己。

《孝经》里写道：“身体发肤，受之父母，不敢毁伤，孝之始也。”《圣经》里也写道：“身体是圣灵的殿。”还有很多经典巨著，人们都能在字里行间读到敬畏自身的要旨。

虽然现代文明已经打破了传统文化的局限，教义也未必条条适用，但是我们仍要保持对自己身体的敬畏之心，因为你若不敬它，终有一日，它必将以病痛回敬于你。

蛮荒原始时代早已成为记忆，而人们对自身的狠戾仿佛却逐日增加。男士拼尽蛮力以求名利双收、一跃成龙，女士打胎整容，仿佛自身只是美丽的过渡器皿。网络里充斥着大量的成功学说诱人前进，却又一边大肆报道着血肉模糊的过劳死悲剧。

在浩瀚的世事迷雾里，你只有穿透毒瘴，守住本心，保持对自身的敬畏，才能得到温暖的结局。

因为只有敬畏自身，才能敬畏这个世界。

今天，我们拒绝道德绑架

01

春节放假前几天，公司一位技术总监的曾祖母去世了，大家私下里建了个微信群讨论要不要随份子和随多少钱，群主是平日在公司的一位活跃分子，她把我也拉进了群。

群里大多是普通员工，正七嘴八舌地讨论着，主流意见是要随份子，毕竟对方是技术总监嘛，以后难免要打交道的，至于随多少钱，要看平日里跟他的关系如何。

我是非主流的那一拨人，静静地在群里听了一会儿，没说话，悄悄退出来了。

群主立即发现有人逃跑，赶忙私信问我："怎么退群了？你什么意见？"

我老老实实地说："我不打算随份子。"

她瞬时连发过来几个张大嘴诧异的表情："你跟他难道有什么误会？"

我回复她一个微笑："没有交流，哪来的误会？只是觉得没有随份子的必要。"

她又忙说："其实我跟他也没什么交情，但是你看，大家都想随份子，你不随不合适吧？以后技术总监会不会针对你，大家会怎么看你？我是好心提醒你。"

我知道她是好心，但是说真的，我不愿接受这样的好心，因为我觉得自己正在遭受着某种人情绑架。

02

同一天晚上，同学群里组织聚会，我参加了。聚餐期间，一位事业有成、红光满面的青年企业家酒足饭饱之后感慨地说："现在咱们都不是穷学生了，都不缺钱，我提议我们组织个公益活动。"

在场的多是男士，血气方刚、豪情满怀，尤其是喝了酒之后，一致振臂高呼推选他做老大，纷纷嚷着有钱出钱、有力出力。

企业家也激动了，撸胳膊挽袖子颇有领导风范："那这样，每个人每月贡献两千块钱，咱们去资助失学儿童和那些抗战老兵。”

两千块钱说多不多，说少也不少，但喝了酒的男士们此刻都认为这简直是九牛一毛，有的立刻掏钱包，有的立刻手机转账。荷尔蒙战胜了理智。

我在角落里悄悄喝了杯橙汁，微笑着望向他们，没出声。

领导的眼睛相当敏锐，一眼便发现了沉默的我，一个眼神飘过来，我极尽真诚地说：“我还是出力吧。”

晚上回家，双脚刚踏进家门，微信便有提示音，是领导。他说：“你是不是不想做公益？我记得你曾经是个非常有同情心和正义感的姑娘。”言下之意，我如今成了没有道德感、没有责任感、没有正义感的渣女。

我不是不想做公益，但是我有这个能力吗？做公益只能出钱不能出力吗？

一股愤慨的委屈油然而生，我觉得我遭受到了某种道德绑架。

03

经此拒捐份子钱一事，有的同事或许私下里会认为我是个不通人情、一毛不拔的葛朗台；经此拒绝出钱做公益一事，我的同学又给我贴上了没有道德感、责任感的标签。

但真相是，我与公司的技术总监根本连点头之交都算不上，平日在公司分属不同的部门，恐怕他连我的名字都不知道，这样的关系，真的有随份子的必要？而且，随份子这件事难道不该是自愿的吗？什么时候成了某种民意胁迫人情绑架了？

而关于做公益的善举，我在内心强烈赞同，但是每月拿出两千块钱，我有这个能力吗？很明显，我没有。以我的经济实力，远达不到这个水平。

没有钱，我出力还不行吗？在企业家同学的眼里，不出钱就等同于不出力，他口中的“有钱出钱”才是实话，“有力出力”只不过是随口一说的客套话。

但我没有钱，我就是没有道德感、没有责任感的人吗？

我拒绝承认，相反我觉得自己相当具有责任感。起码我热爱祖国，从未违法，从不乱扔垃圾，从不乱闯红灯，遇到求助者总是慷慨解囊，虽然金额从未超过五十块钱，但那是我最大的能力了。

所以你给我贴上没有道德与同情心的标签，我能接受吗？你又凭什么私自为我贴上标签？

04

我所遭遇的两起事件，一件是从众心理支配下的人情绑架，一件是披着道德制高点外衣的道德绑架，共同点是，胁迫者的行为明目张胆赤裸裸，被胁迫者百口莫辩心戚戚。

那么，在生活中，我仅仅遭遇过这两起胁迫绑架事件吗?

其实不是，我们无时无刻不在承受着这种胁迫感，也或多或少有意无意地在胁迫着别人。其中我们最常遭遇的就是人情绑架。

以爱之名。春节回家有多少人被父母威逼胁迫着去相亲了?他们整日在你耳边叨唠："哎呀，你成剩女了，嫁不出去了，我都替你着急，我是为你好，那老谁家的小谁不错，今天一定要去见见。"尽管你不愿意，但你还是去了，为什么?

你谈了一个还算心仪的男朋友，相处得还不错，突然有一天他对你提出共度良宵的要求，你觉得火候不到，他马上举起爱情的利矛："亲爱的，难道你不爱我吗？"这样的说法，你觉不觉得荒唐?这难道不是你情我愿、水到渠成的事情，以爱之名来胁迫，何谈真爱?

给我个面子。你大姨妈来袭，痛得龇牙咧嘴，你的他却硬拽着你去参加他的同学会，你连番拒绝、陈述各种不方便，他却不依不饶百般讨好："亲爱的，给我个面子吧，大家都带着另一半的。"这时，你去还是不去?

如果你强忍着去参加了聚会，他的同学来向你敬酒，你喝还是不喝?喝吧，你的身体情况不允许；不喝吧，他会认为你不给他面子。最终你决定不再委屈自己，婉言连番拒绝，招惹来一双双异样的眼光，以后恐怕就被贴上了矫情的标签。"不就是一杯酒嘛，这个女人真不给同学面子，也不给她的心上人争面子。"大家会在背后如此说。

你说你冤不冤，你明明可以窝在被窝里睡大觉的，为什么结局会是这样?

我们是朋友。你喜滋滋地买辆新车，朋友闻讯来借，你是借还是不借?不借吧，驳了朋友的面子；借吧，出了事故算谁的?网上那么多因为借车而倾家荡产的先例，你不胆战心惊吗?

你打算做微商挣钱贴补家用，朋友知晓此事："有什么好物件啊，送我几个呗。"听闻此言，你作何感想?无论什么物件，都不是大风刮来的，你也是付出了成本的。都送，送得起吗?朋友，你为何要开口?请相信，真正的好朋友是不会让你为难的。

大家都这样。人是群体性动物，脱离群体的恐慌是从原始社会遗留下来的心理记忆，如果你不屈从于主流，就很有可能被孤立。大家都随份子了，你为什么不随?其实潜台词是我们都掏了钱，你必须也要掏钱。从众心理让人们不能接受只有自己亏，又不敢只有自己不亏。你不掏钱，你就是异类，即便掏钱并没有什么意义。

你有时候痛苦其实是因为你不甘于平庸，但是又不敢一枝独秀。

这些人情绑架如同毒菌，滋生在每个人的心里，但是如果你认为这世界上的绑架只有这一种那就错了，事实是还有一种绑架，叫道德绑架。

你是年轻人。你凌晨五点起床赶公交车，好不容易抢到个座位，恰恰有个老人上了车，你要不要让座？大多数年轻人会选择让座。但是如果不让，结果会怎样？报纸给了我们答案：不让座，是会被狂扇耳光的，挨了耳光还不算，还背上了不尊老敬老的骂名。

火车上你费劲巴拉地抢了下铺票，这时有带孩子的女人提出要用中铺免费来换，你换不换？要知道中铺和下铺的价格是不一样的，你不换？那不好意思，你被绑架了。

你有钱就该捐。对于富豪是不是该捐钱做公益这个话题已经屡见不鲜了。有钱没钱其实跟别人有什么关系啊，他捐钱不捐钱的你能获利？但往往有钱人在漫天横飞的唾沫之下难免要慷慨解囊，道德绑架就是这么简单。

那没钱的呢，譬如说我。没钱是不是就可以不捐钱了，做公益出力行不行？不行，因为力的价值是无法用数据衡量的，但是钱可以。

你弱你有理。街上有两位大姐撕扯打架，一位老大哥上前出手劝解，孰料其中一位立即大喊："非礼呀，你欺负弱女子！"那大嗓门和胡搅蛮缠的劲儿，说你是弱女子谁信呀，但不明真相的人立刻围过来看热闹，对着老大哥指指点点。你看，绑架无处不在，本意来劝架却忽然变流氓，你弱你就有理了？

这个世界很奇怪，绑架者常常以弱势群体的形象出现，并要求被绑架者如何如何，一旦有人摇旗喊冤，大多数民众会不顾真相一起呐喊围观。民意强奸事实，有时就是这么简单。

05

看了那么多，听了那么多，你有没有觉得自己时刻都充满了被胁迫感、时刻都在被绑架，你有没有觉得冤枉？

可是，你有没有有意或者无意绑架过别人呢？

你掏心掏肺地对一个人好，会不会因为那个人没回报你以相同的热情而暗自郁闷？你身处困境时向别人伸手请援，会不会因为别人没有提供帮助而心生怨怼？你邀请朋友关注你的朋友圈，会不会因为朋友不给你投票、不为你点赞而气恼？

如果这一切都有，你在身处被绑架的境遇之下，对别人而言，你又何尝不是绑架者呢？

圣人言“己所不欲，勿施于人”，我们生而为人，终其一生寻找的不过是真正的自我，而最痛恨的便是身不由己、为人所迫。

如果我们不想遭遇人情绑架和道德绑架，首先，我们要学会的便是不要去绑架别人的意志。

最深情的回忆，藏在最轻浅的细节里

01

一个人对往事的记忆深浅，有时是与事件本身的轻重程度成反比的。

比如，你可能已然忘记中学毕业典礼的日期，却始终记得英语课本上的李雷和韩梅梅；比如你或许不再记得与初恋第一次牵手时的心动，却始终怀念那天午后金色暖阳下他穿着的白衬衫；再比如，你似乎早已忘记了情深时在山河岁月里许下的诺言是怎样惊心动魄，却偏偏记得那晚散落了一地摇曳了半生的白月光。

你以为自己会永远铭记的那些时刻，经年累月，早已被抛诸脑后，那曾经的悸动与波澜，无论当时如何激越、怎样壮阔，都如同黄沙之上用树枝刻画的字迹，一夜大风，便消失得无影无踪，毫无残迹。

有时你甚至会怀疑是不是自己的记忆出现了问题，会怀疑那样的时刻到底是真实存在的，还是一场镜花水月的游离幻觉。

而这样无解的迷局，无人能参得透。

其实，到底是大漠黄沙的覆盖太过残酷彻底，还是阅尽风光的你太过冷漠薄情，于你而言，都不重要。

重要的是，二者的结果有着异曲同工之妙。那就是，**本该刻骨铭心的，却早已忘记，本该云淡风轻的，却深深沉淀在心底。**

02

想起电影《山河故人》里长大之后流落异邦的Dollar，他忘记了故乡，忘记了母语，甚至忘记了母亲的名字。但当中文老师开启黑胶唱机，叶倩文那充满磁性与岁月感的声音向他迎面而来的时刻，他的内心猛然感觉到了熟悉。

他不知道那是曾几何时的记忆，他早已忘记年少懵懂时他与母亲一大一小并排坐在火车颠簸的车厢，每个人的耳朵里塞着一只白色耳机，共同听着一首歌曲的模样。

当年耳机里传来的歌声就是他多年之后听到的这支乐曲，虽然他并不知道它的名字。

那次是他年少时与母亲最后一次沉默无语的陪伴，从那以后他们母子再没有见过。那样背井离乡生生相隔的沉恸他忘了，但分别时的音乐旋律他仍记得。

记忆就如同一部奇妙的、顽皮的、不受主观控制的时光相机，你想拍下的明明是生活里的参天巨木，它抓取的却偏偏是隐藏在角落里的细枝末节，你想记录的明明是聚散盛筵时的锣鼓喧天，它雕刻的却偏偏是篱笆小院里那一缕缕清音曼曲。

而你最终也成了最无能为力的画家，明明是想画一场情深意浓甜蜜的拥抱，画笔兜兜转转、曲曲折折，笔尖下呈现的却是那少年夜白月光的清冷透亮。

人们心中最深刻的记忆，往往是那些不经意的如微光般的小事。最后，即便你忘了山河，抛了爱情，却终究断不了回忆里点点滴滴的细微念想。

03

若你思念一个人，真正思念的会是什么？

有朋友说，她思念的是他手掌心的那颗痣，它有惊心动魄的颜色却又偏安一隅，寂静低调一如稍纵即逝的曾经，来不及迷恋，便已消散。

有朋友说，她思念的是他拙劣不堪毫无技巧的初吻，年少的青涩、笨笨的试探，她至今尤记得他当初的羞赧和无措，以及眼睛闭上时蝶翼一般忽闪微颤的睫毛。

也有朋友说，她思念的是在喧闹的街头，他大大方方、坦坦荡荡地俯身下来为她系上鞋带的那一刻温柔，在她看来，那是身边男子兜兜转转却再不曾有过的性感。

可见，**女人向来心思敏感，天生便是优秀的细节扫描仪与记录器，往往在情爱中记住的都是些不经意的片段。**在她们的答案里，没有人提到任何轰轰烈烈、惊天动地的场景，因为即便曾经有过那样的欣喜如狂和悲痛欲绝，到如今亦是淡了，不值一提了。

既然不值一提，索性忘记得更彻底、更随意一些罢了。

可唯有细节还记得。

思念一个人，思念的正是他与你之间的那些平淡日常。如果不是翻开日历或者打开日记本，有谁还能记得第一次相遇或者私定终身是在哪年哪月的哪天，但你一定会记得，那天的阳光照在身上，暖得刚刚好。

04

向来觉得“轰轰烈烈”是个奇怪的词语，是否不曾拥有轰轰烈烈便是薄淡如水？是否没有倔强激越便是轻似鸿毛？深入生活才能知晓，其实细节才是生活的大多数。

我喜欢细节里藏着的深情，也喜欢反复摩挲记忆里的碎片时光，因为那里藏着的是我独有的与这个世界的关联。

而在所有的细节里，我对气味尤为敏感。

小时候我与外婆住在一起，她喜抽烟，那时的我便经常伴着淡淡的烟草味入睡；夏季家里蚊蝇多，又没有钱去买新式的驱蚊条，屋内便常常燃起艾蒿，是另外一种混合着乡土气息的特殊记忆；而每年的六月时节，麦子熟了，家家户户喜气洋洋地堆起麦垛，清新的麦芽香又在多年以后令人久久难忘。

这些气息是微薄的、清淡的、若有若无的，若不拼力追寻痕迹，便稍纵即逝，而它却占据着我记忆里最饱满的地方。

那个北方乡镇里山水围绕的山村，我在那里出生、长大、离开，每一场盛事都惊动着艳丽烟火，但回忆起来，久久不能忘怀的却不是人事变迁，而是记忆里淡淡的故乡的味道。

都说痴迷于细节的人最深情。而我的深情，不言不语，不明不灭，都深深藏在山水汤汤的故梦里。

05

我们想念着被定格在回忆里的那个人、那些事、那个地方，也成为他人唏嘘感叹中的话题；我们缠绵地回望着过去，也匆匆地编织着余生。

生活就是如此颠倒循环，往复岁月，生生世世都是如此棋局，清醒也好，糊涂也罢，皆需坦然以对。你所身处的今天，正是多年以后百般的曾经，而你所将拥有的片刻回忆，都会在今日一一铺就。

若想余生常念欢愉，便要精心面对我们生命中的每一个时刻、每一个片段。

因为最深情的记忆，永远藏在最轻浅的细节里。

我能给你最好的礼物，是一张照片

01

十六岁那年，我悄悄喜欢着班上的一位男生，那时恰逢中考前夕，分离在即，我想送他一个礼物作为纪念。

但是我在送什么礼物这件事情上犯了愁，因为当时的我并没有钱，买不起任何贵重的东西。左思右想之后，我决定送他一张我的照片。

第二天傍晚，我进了照相馆的门。照相馆馆主是个中年男子，他审美欠佳，给我化了一个鲜艳的红唇妆。于是，我顶着夸张的红唇，穿着一身具有民国风情的红色短襟小旗袍，举着一把油纸伞，在简易的背景布映衬下拍了四张照片。那时物价极低，化妆、服装、道具、四张照片的冲洗，总共不过花了二十块钱。

小村落的照相馆没有修图工具，照片就是你的真实模样，虽然化妆师的化妆技术差了些，但几天后我去取照片时，仍对照片里那个神情婉约、身段苗条的少女甚是满意。

拿到照片的当晚，在昏黄的灯光下，我用钢笔小心翼翼地在照片背面写下了一行极其官方却又极其真诚的祝福文字："TO某某某，愿你前程似锦，大展宏图。"

他是班上成绩优异的男生，悄悄喜欢着他的女生很多。第二天早晨我假意跟他借参考书，然后把照片夹在书里，当天下午强忍着剧烈的心跳将书还了回去。

我忐忑不安地揣测着他收到照片后的情形，夜里辗转反侧陷入失眠。**然而青春的心思多半是一场活跃又孤独的独角戏**，第二天他见到我并没有什么反应，只是微笑着说了声"谢谢"。

02

白衣飘飘的青春岁月里，最忧伤也最快乐的事情，当属毕业无疑。毕业是夹杂伤感的狂欢，是各奔东西的开场，是混合着眼泪与欢笑的对曾经年少的祭奠。

中学毕业时，学校流行填写毕业留言册，并在册中自己的留言旁边贴上照片或者大头照。那时我眼含泪花写了很多祝福，也贴了很多照片。我自己也有两本厚厚的留言册，闲来翻翻，能翻出无数的感动与唏嘘。

留言册上，写着近百位同学的个人资料，血型、喜好、偶像、电话、住址等；还有笔风迥异的留言，字迹狂放的是调皮的男生所写，字迹娟秀的是娴静的女生所书，但祝福都是同样情深意切，记录着散发麦芽般馨香的友情岁月。

那些照片也是奇形怪状的，有在照相馆拍的艺术照，有的是搞怪的生活照，也有小小的唯美背景大头贴。一张张鲜活的面容稚气而天真，仿佛同窗岁月就在眼前，可青春已是不可逆的当年。

当时年纪小，总觉得好朋友就是彼此的一生。但如今想来，那样的情谊是一厢情愿的天真。少年时代的诸多好友早已失去了联系，偶尔在微信里相遇，除了简单问候，也没有过多的言语。更悲伤的是，世事变迁，中学同学里竟有几位故人因车祸、疾病等意外离世，今生再无法相聚，想来亦是唏嘘。

大学毕业时，已经不流行写留言册，于是我们拍了很多张照片以作纪念。那时想着有手机、有QQ、有微信，天南海北的距离也不过是一张飞机票的事儿，分别也大可不必太过伤心。

可是我们都忘了，地理的距离不是问题，而生活的距离才是谋杀友情的最大元凶。有些人散了就是散了，即便保留着点赞之交也是散了，因为彼此的生活轨迹不同，共同的语言日渐稀少，偶尔相聚也只能回味当年，却不能一起守望将来。

幸好还有照片，你的，我的，她的，青春的美好与悸动都完好无损地保存在那本泛黄的相册里，记录着好年华里的云卷云舒、花开花落。你忧伤烦乱时偶尔翻看，才发现在聒噪的世间，你仍有一方如此天真纯净的秘密花园。

03

前年妈妈过生日时，姐姐送了她一个极其珍贵的礼物——一本12寸的相册。相册很厚重，里面全是照片。这些照片有的是手机拍下的，有的是相机拍下的，有的是家庭聚会的影像，有的是外出游玩的纪念。

妈妈很喜欢这本相册，无论白天还是黑夜，常常将它捧在手里反复摩挲翻看，视若珍宝。

成长是残酷的，这种残酷对于父母而言，喜悦中透着悲凉。儿女如燕，从雏儿到离巢，是注定的宿命。每个人都有自己的艰难，儿女如是，父母亦如是。

我的父母如今是农村众多留守老人中最普通、最平凡的一对，我与姐姐每月才能回家一次，多数的日子里他们两人相依为命，简朴度日。

想想亦是心酸，曾经充满欢笑热闹的家庭如今只剩两人的相视而笑，这其中的孤单不言而喻。妈妈无聊时，便喜欢戴上老花镜翻看着以往的老照片，并兴致勃勃地指给爸爸看，“这是那年旅游时拍的照片”，“这是女儿五岁那年的模样”。

其实仍是寂寞，但自从有了那本相册，父母孤单时便可以靠在一起共同回忆往日的欢喜热闹，聊以安慰。对父母而言，钱财真的不是最重要的，唯有多陪伴才是世间最大的孝顺。

我们总是习惯于制作精美的自拍，或者为孩子记录下每一天的成长影像，却甚少能够为父母拍几张照片，制作一本相册。

如果有心，请为父母准备一份珍贵的礼物吧，哪怕是再朴素的相册，若装满的是浓郁亲情，他们也会视若珍宝，珍藏一生，因为你送出的不是照片，而是你对父母最饱满的爱。

04

如今我越来越不喜欢用手机来拍照，一则我的手机像素着实不高，上传到电脑打印照片时，效果总是难以让人满意的；二则总忍不住用各种修图工具来美化自己，美则美矣，但终究是失了本真的面貌，有时乍一看，自己都几乎不认识自己。

虽然并没有任何的摄影技巧，用相机拍出的照片也毫不惊艳，但我喜欢这份真实。我习惯于每月把照片整理出来，再拿去冲洗成看得见摸得着的照片，习惯于精心地按照时间、场景、背景颜色等把照片一一夹入相册里，闲暇时再拿出来一页一页地翻看。

前不久，我与曾经喜欢的男生在微信群相遇，忍不住提起当年赠送照片之事。他将我当年的照片拍成图片发给我，我仿佛突然穿越了时空隧道，回到了那个十六岁的夏天，仿佛闻到了校园里栀子花的香气。

那年的照片真的很傻，模样做作，姿势不美，表情天真，但这张照片又真的很珍贵，因为它代表着我青春年少时的某一个精彩或者出丑的时刻，时光带不走，岁月刷不去，瞬间定格成永恒。

大多数人如今除了婚纱照以外，恐怕已经没有打印照片的习惯了。但我仍固执地认为**手机里的画面只是图片，只有真真正正地夹进相册里的才是照片**。所以几年来，我的相册堆成高高的一摞，可以慰寂寥，可以赏悲欢，真的很好。

最近有个朋友因为公派要去日本，三年。她来向我辞行，把酒言欢，散场后仍觉不足，觉得盛宴喝酒欢唱拥抱，都不足以表达我的情谊。

忽而想到，仍是送她一张我的照片吧，这是我所能给的最好的礼物。愿千山万水、异国他乡，每睹照片，她能想起的，全是故乡满满的温情和思念的暖。

所有的来日方长，都将变成后会无期

01

外婆从2008年不小心摔跤之后便一直瘫痪在床，直到2014年去世，整整有六年的时间。在这六年里，我们姐妹每月都会至少回老家一次去看望她，但又因为工作繁忙，每次只能陪伴她一天就不得不匆匆起身离去。细细算来，在那六年里，我与她大概分别了上百次。

我是外婆亲手带大的，她身材魁梧，能干、嗓门大，小时候经常对我呼来喝去、指手画脚，我也针锋相对、毫不示弱。但从她卧病不起的那刻起，我们突然和解了，我心里对她的牵挂是种说不出来的忧伤。

大概年迈而处于病痛中的老人比常人更渴望晚辈能陪伴在侧，所以每次我们离家，外婆都忍不住用袖子擦眼泪，到后来她病重，没有力气擦眼泪了，就任凭泪水汩汩地流过花白鬓角，看得人心惊又凄凉。

我是情感内敛的人，不善表达自己的内心，因为害怕被窥探。但我是真的爱她，真的舍不得她，所以每当离开家门，屋里只有外婆一个人躺在床上的时候，我都会找个理由偷偷地再次跑回房间，在她额头上偷偷留下一个吻。

“你好好的，我下个月就回来看你。”我总是这样对她说，说这话的时候，我的鼻子总是酸酸的，声音总是哽咽。

我总觉得这个离别的吻，是带着某种爱的仪式，这种仪式是我对外婆的报答，也是我对自己的交代。如果没有这个吻，我会不安，会害怕，会惶恐。我把每次离别都当作生命中的最后一次，因为世事无常，真的没有谁能够保证她能够平安无事地等到下个月的相聚。

这是属于我与外婆两个人的仪式，是亲情的仪式，是爱的仪式，这也是我们两个人之间的秘密。我固执地暗自坚持遵循着这种仪式感，每当我的唇触碰到她的热度，我会觉得天再大、路再远、命运再无常，心里都是有底的。

事实证明我是对的，我果然没有见到外婆最后一眼，她在一个冬天的晚上静静离开了人世，没有留下只言片语。但我没有遗憾，因为在她去世的前三天我去看望她，离别的时候我吻了她。她那时有意识，但说不出话，我说：“你好好的，我过几天再来看你。”但其实我真的没有把握还能不能再见到她。我的吻，每次都有永别的意味，我做好了失去她的心理准备。

我想因为这近一百次的吻，外婆应该也是欣慰的。她能够感受到我的爱与依恋，而这最暖心的爱恋足以支撑她度过无数个疼痛孤独的夜晚。每当她在床上只能平躺望着窗外的时候，想起她的小外孙女，她的内心一定是欢喜与温暖的。

02

经常能在网上看到情侣在车站离别的图片，他们生活、相爱在同一个城市，却因着身不由己的理由要离别。那些满脸忧伤的女孩子常常会紧抱着男孩子的腰，无言而深情，每个眼神、每个动作里都是满满的爱。

相爱中的少年情侣是如此经不起离别，哪怕只是短短数日，心中也会升腾起生死离别的悲壮，仿佛再次回首，天地会风云大变，她不再是你的她，他也不再是你的他。

在爱情中，我曾经最后悔的，就是与我曾经的男朋友悄然分别，甚至来不及说一声再见。

那时候我们大学毕业在同一个城市工作，彼此的脾气性情越来越不相容，于是和平分手，他是外地人，我送他去车站。

没有大雪纷飞，没有细雨飘零，记忆里那日天气相当晴好，丝毫不符合离别的气氛。分别在即，车站里我们理智地讨论着为何会劳燕分飞，并时不时地有些戏谑和玩笑，但如今想来，当时那些故作轻松的言语只不过是为了掩饰内心的伤感与悲痛而已。

火车没有晚点，他没有撕碎车票，我也没有流泪，一切平静得就如同他去出差明天就会回来一样。检票的提示声响起，一群人哗啦啦如洪水般挤向检票口，他也急匆匆地加入检票大军，被扛着麻袋的民工大哥撞得歪歪斜斜。我想喊住他，最后说几句话，嘱咐、祝福、留恋、吻别什么都好，至少有个仪式让我为爱情来个结局。

但一切都来不及，现场太拥挤，哪怕是片刻的耽搁可能他都会挤不进去。所以，就这样，我们彼此匆匆离别，连互相道再见的机会都没有。

当时青春散场，却总觉得不是一生，两个人总会有再见的时候。但是后来又出了些事情，我们互相删除了对方的所有号码，彻底失去了联系，这场匆匆的告别，终成不可触碰的伤。

很多时候，你以为的来日方长，最后都会变成后会无期；很多场漫不经意的离别，你以为是暂别，其实也许是再也不会相见的永别。

03

妈妈打电话过来，说村里的一位伯父前天因病去世了。挂了电话，伯父的模样便一直浮现在我的眼前，心里如同被烧焦的树皮，干巴巴，疼得空洞。

伯父年轻时身体健硕，长得也很英俊，但上了年纪之后，成了一位倔强的老头，会同老伴儿吵架，与儿子斗气，与儿媳妇也不太和睦。他常年戴着一顶陈旧的灰色帽子，身上穿着旧式的深绿色便衫，走到哪里都愿意多插几句话。

但他对我们这些侄儿侄女是很和善的，笑起来的时候，法令纹里带着讨好的意味，因为他很佩服读书人。他自己不识得几个字，所以认为大学生就跟古代的状元一样，值得令人高看一眼。

平日里我回家乡的次数很少，即便回去也宁愿宅在家里，不愿意出去走动，所以最后一次见到伯父，我几乎不记得是在什么时候了，只知道已经是好几年前的事情。

有时候我们太过于在意自己年龄的增长，惊诧于一根白发的忽现，痛心于一颗雀斑的生长，却对其他人的生命体征变化过于迟钝。不知不觉中，原来他已经是个七十多岁的老头了，原来他已经在岁月的拍打中经历了不为人知的病痛，然后悄无声息地在亲人的啜泣中，离开了人世。

听到这个消息时，在日落西山的傍晚天空，恰巧有一群晚归的飞鸟经过，暮风四起，掀起初夏的衣衫，我忽然便有些心惊，亦有些寥落。

人生哪有什么来日方长，很多人在不经意间便这样悄无声息地离开，与你，永远后会无期了。

我的童年，在那个叫作娘娘庄的地方

我的童年是在北方一个偏远山村度过的，那个地方叫娘娘庄，是个有山有水有花草果木掩映的小村落，相传明朝皇帝朱棣的某一个得宠皇妃就生长在这里。

村落

村子的正中心有一座龙王庙，它记录着民国以来的历史和文化。在山里人心中，尘世的风水命脉和神灵的欢喜悲哀总是紧紧联系在一起，几千年不变。

只可惜那座庙宇在“文化大革命”时期被拆除。然而建筑虽被拆除，人们的信仰仍在，那个地方始终被大家惦记和敬仰，人们还是习惯于聚集在那里，吃饭聊天，搭戏台放电影，它始终是全村的经济娱乐文化中心。

村里的土路难走，且像山里桃树上的枝丫一样多，它们通往每条胡同和巷口，以及槐树丛中的隐秘人家。

幼时的我曾经走路不稳，记不清在门前的路上摔过多少次，崴过多少次。每次出去玩，天黑时总要带着伤一瘸一拐地回家。家里人习已为常，偶尔伤口流血了，外婆便从屋后的土地上抓把新土，揉在我的伤口上，瞬间便能止血，且不会感染。

农村生长的孩子，有着天然的顽强生命力，没有矫揉造作的金贵，老人们也知道些土办法来解决孩子成长中的诸多难题，是土生土长的智者。

到了雨天，家乡的路便很难走，小雨还好，路面最多滑一点，糟的是遇到大雨，若身体不能保持平衡，那整个人摔趴在泥里是难免的了。

庭院

家中老宅已有近三十年的历史，红砖青瓦，有高耸的屋脊和房梁，墙表是碎石雕成的拙朴图案。

正房两间，并肩排开，中间夹着堂屋，打开前后两道门，会有来自山谷的清爽的穿堂风。庭院幽长，东西厢房侧落，夏日有狭长投影，高门楼，镶嵌各色琉璃瓦，是旧日北方的标准建筑。

宅子坐落在山脚，东边是深山幽谷，西边是两户人家，南北皆是自家菜园，屋后种着槐树、榆树、桑树、柿子树、酸枣树和山楂树。春末夏初，树木葱葱郁郁、层层叠叠，飞檐瓦片掩映其中，到了傍晚，有暗蓝色炊烟袅袅升起，安静祥和，是世间难得的美景。

幼时庭院中还植有三棵杏树，有一棵生长在东窗前。树下有小水池，一尺深的清水，偶尔有鱼和泥鳅，初夏时分雨水很多，小青杏有时扑通坠落池中，溅起晶莹水珠。

孩童都喜玩水，幼时的我经常独自趴在池子旁，将衣袖撸到肩膀，伸着细瘦的胳膊去捞青杏，奋不顾身，严肃而认真，仿佛面对的是人生的大事情，游戏周而复始，单调却津津有味。

我沉迷于自己的小世界，乐此不疲，精力充沛。时日悠长，真想知道那时的我脑子里藏着什么样的想法，何以能独自度过那无数个阳光斑驳的午后。

少年时经常在黄昏时分爬上厢房的屋顶，静静坐着。那时心思重，有绵长的青春痛楚挫折，无处可遣。在屋顶可以看见西边暗红的天宇，连绵的群山在渐暗的天色中逐渐变成青色轮廓，风深露重，有晚归飞鸟从白杨树梢疾速穿梭，农人赶着羊群从小桥上走过，咩咩声此起彼伏，桥下流水潺潺，家家屋檐上方有炊烟升起。

每次看到这些，心中便很惆怅，以为生命是望不断的一条河，蜿蜒曲折，难猜深浅，途经于我，尽是险滩。其实那只是无限放大的青春阵痛，微不足道，当时却不知不觉，自我沉溺，难以自拔，无以复加。

满庭花

外婆喜爱花卉，庭前水池旁种有大片月季花，父亲亦是爱花之人，春天还为它修剪枝杈，因此月季枝繁叶茂，美丽得惊心动魄。

东墙脚有大棵白色刺梅，叶子小如拇指，有细微的枝刺，生命力极强。它的根深深植入土地，根须丛生，错落纠结。想必植物也是有灵性的，在这里安了家，又熟稔了家中的人情世故，认为可心，便生眷恋养老之意，遂随心扎根。

白梅的枝杈随墙攀缘，一直舒展到墙外，春天开出白色的小花朵，一簇一簇地扎堆，有着乳白色的芳香，飘向墙外的深山幽谷。调皮的孩童放学路过，总免不了踮起脚来摘上几朵，揪得叶子花瓣脱落，父亲见了斥责，孩童一哄而散，双方脸上皆有笑意，农人的宽厚和情趣可见一斑。

而我童年最喜的是凉台四周的指甲花。它的花朵如同凤冠，颜色多样，可以用来染各色的指甲。那时姐姐们经常缠着外婆为她们染指甲，而且要染成大红的颜色。

外婆精于此道，拿出个大碗，摘些深红色的指甲花放进碗里，用杵子使劲捣弄，直到挤出红色的花汁，放些盐进去，再把已经捣碎的花平敷在指甲上，拿出棉布包好，扎上细线。五六个小时后，解线掀开棉布，红色的指甲赫然显现，如同奇迹，引得孩子欢呼欣喜。

房前屋后还有许多一簇一簇的朱毛子花，五颜六色，零星散布，到处都是。它们自生自灭，却开得繁盛，兀自花开花谢，烂漫得难管难收，原不为讨好世人，只为自己的心。

有时抬眼望过去，仿佛能看见它们正在给我白眼，蔑视的眼神让我心惊。一花一木皆有性格，而它们是清高自持的，临风舞蹈，遇雨高扬，与旁人何干，更无须我去多事，我只能收起自己的刻意接近，掩面撤腿而去，恐遭揶揄。

辈分

娘娘庄最早只有三户人家，有着不同的姓氏，到如今大家基本属于一脉相承，追溯起来，人人都可以做得亲戚，并不分亲疏远近。

于是便很自然地有了辈分，不论年龄的辈分。

辈分的高低，由每人的名字可以分辨。同一辈的人，名字中的第二个字必是相同的，那是标志，是不约而同自然形成的印记，老人们极其看重，都严谨而郑重地沿袭。

那代表辈分的标志，也多是吉祥的字眼。老人们都希望后代能够富贵平安，封妻荫子，心意在名字中得以体现。我不曾见过族谱，了解的宗族文化并不多，只知道祖父那一代是“懿”字辈，父亲是“贵”字辈，再往下是“少”字辈。

如今村中“懿”字辈的老人多已作古，包括外祖父。他去世时，我尚不满五岁，只记得那个晚上下了好大的雨，雷声很响，家中里里外外挤满了人，呜咽声一片。悲痛气息充斥着夏天，我与同辈的哥哥姐姐们聚集在西厢的土炕上做游戏，看见人群拥挤，心底竟有丝欢喜，觉得那样的聚集，只有看戏时才有。

长大后才知道自己失去了什么，他是我生命中最后一位祖辈男子，平生见过的唯一一个，我却回忆不起他的模样。他去世时，我沉浸在新学会的游戏之中，新奇欢喜，不曾有任何悲痛和眼泪。

某一年回家，看见家里坐着位老太，满头银发，瘦骨嶙峋，驼背，她摸着外婆的手老泪纵横，她说村里的老人都走了，都走了，她自己也快了，不晓得以后会怎样。言语之间，诸多感伤，外婆也随着流泪。

不久后，老太真的走了，那次谈话成为人生的最后一回。佛家说，生命是循环的，生命的不可思议以及死亡的纠结，让我对世界有了新的认识。而如今，外婆也去世了。

家中俱是女儿，父母无子，我想是有遗憾的，但他们亦是欢喜，不曾有半点淡薄之意，热爱生活，尽心尽力，如细水长流，用人世正道训诫子女，方方正正，是润物无声。

忠厚纯良之家，多受赞叹与敬佩。在这里我度过了人生中最恬淡美丽的时光，心智日益丰盛，花开花落，云起风扬，我想这世上的安宁静好，也大抵就是这个样子的吧。